ロメール・ベアデン「海のニンフ」1977年.
(*Romare Bearden: A Black Odyssey*. New York: DC Moor Gallery. p. 83)

「さあ，このヴェールを胸の下に巻きなさい，霊力の籠った品であるから，これさえあれば苦難に遭う恐れも，命を落す気遣いもない.(中略)」そういうと女神はヴェールを与え，再び鷗の如く波のうねる海へ沈んでゆき，黒い波がその姿を隠した.(『オデュッセイア』第5歌346-353行)

D0008

西村賀子
Yoshiko Nishimura

ホメロス
『オデュッセイア』
〈戦争〉を後にした英雄の歌

書物誕生
あたらしい古典入門

岩波書店

目次

目次

プロローグ……001

第I部　書物の旅路

ホメロスの航跡をたどる

第一章　二〇世紀の『オデュッセイア』……009
第二章　叙事詩の誕生……041
第三章　変容と反発の時代……073
第四章　原典への回帰……099

第Ⅱ部　作品世界を読む

言葉《エポス》の海へ漕ぎ出す

第一章　物語のあらまし……131

第二章　幾何学的構成——全体と放浪回顧談を貫く秩序……153

第三章　放浪から復讐へ……179

第四章　〈戦争〉を後にした英雄……201

エピローグ……223

参考文献……229

装丁＝森　裕昌

一、『イリアス』と『オデュッセイア』からの引用は、両詩篇とも松平千秋訳(岩波文庫)を用いた。

一、『オデュッセイア』の原典箇所については、たとえば、第一歌二三四—二三五行を(1. 234-235)と表示した。『イリアス』については(*Il.* 1. 234-235)と表示した。

一、固有名詞のカタカナ表記については、一般に流布している語形(「ペネロペ」「アテナ」)を用いた。そのため、松平千秋訳(「ペネロペイア」「アテナイエ」)と少し異なる場合もある。

一、また、固有名詞の表記に際しては、長音の表示(音引き)は原則として省略したが、慣例に従った場合(たとえば、詩女神ムーサ)もある。ただし普通名詞以外を表記する場合は、たとえば"ἀείδω"を〝アエイドー〟とするように、長音も示した。

一、引用文中の〔 〕は筆者による注記である。

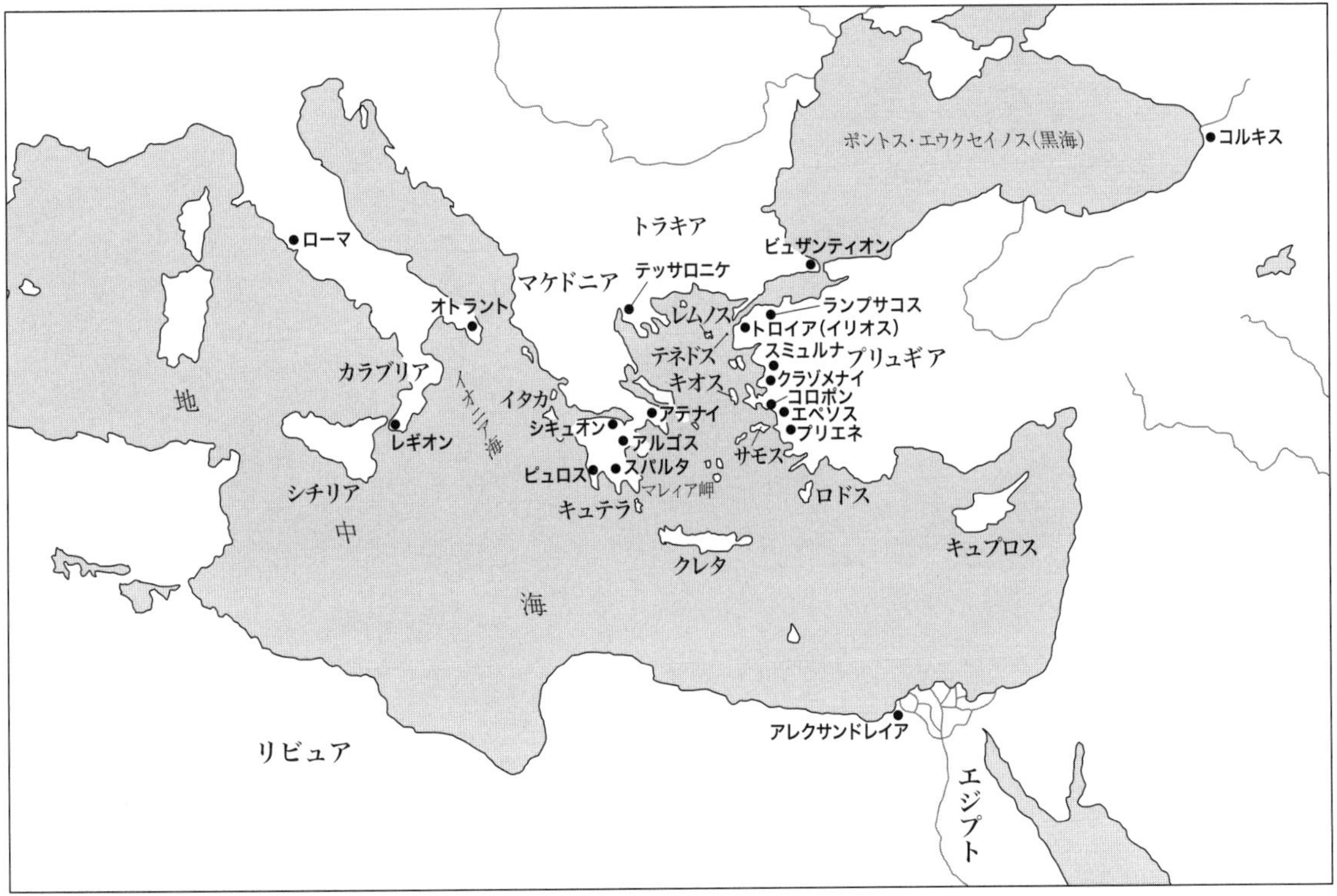
ポントス・エウクセイノス(黒海)
コルキス
トラキア
ビュザンティオン
ローマ
マケドニア
テッサロニケ
オトラント
レムノス
ランプサコス
トロイア(イリオス)
テネドス
スミュルナ
プリュギア
カラブリア
クラゾメナイ
キオス
コロポン
イタカ
イオニア海
地
アテナイ
エペソス
シキュオン
レギオン
プリエネ
アルゴス
サモス
ピュロス
スパルタ
シチリア
マレイア岬
ロドス
キュテラ
中
キュプロス
クレタ
海
アレクサンドレイア
リビュア
エジプト

プロローグ

『オデュッセイア』は、主人公オデュッセウスの漂泊と帰国をめぐる波瀾万丈の物語である。古代からの言い伝えによると、ホメロスという天才詩人が『イリアス』とともに約二八〇〇年前に作ったという。だが、この二篇の叙事詩には謎が多い。いつできたのか、あるいはホメロスがいたかどうかもわからない。けれども、人々はこれらの詩を愛し、世代から世代へと伝えた。

『イリアス』と『オデュッセイア』の淵源《えんげん》は非常に古い時代に遡る。その滋味溢れる水は人の心を潤《うるお》し、喜びを与え、深い人間性をはぐくんできた。これを心の糧としたのは古代ギリシア人だけではない。二大叙事詩は古代ローマでは大河となって広い帝国を潤し、中世では地表から直接うかがい知ることはできなかったが、ルネサンス期には伏流水が湧水となるようにしてよみがえった。近代ヨーロッパ経由で伝えられたその恵みは西洋という限定的な地域枠を越え、今日では地球全体に及んでいる。現代社会は殺伐としているが、ホメロスは潤いのある文化を創り出す源となってくれるだろう。

本書は二大叙事詩のうち、『オデュッセイア』を扱う。かつてはホメロス＝『イリアス』と見なされたほど、『イリアス』のほうが評価が高かったし、受容されてもきた。たしかに、主人公アキレウスの怒りを主題とする『イリアス』は、悲劇的な陰翳《いんえい》を湛《たた》えた傑作である。しかしこの百年ほどに限って言えば、詩的霊感や哲学的思索の源として大きな影響を及ぼしたのは、むしろ『オデュッセイア』のほうである。本書で『オデュッセイア』を取り上げる理由はそこにある。

「オデュッセウスの歌」という意味の名を持つこの詩篇は一体どんな物語か。このプロローグではまず、『オデュッセイア』のあらましに触れておきたい。

ストーリーは単純である。古代ギリシアの哲学者アリストテレス(前三八四—三二二)は、そのあらすじを次のように記した(『詩学』1455b 17-23　松本仁助・岡道男訳)。

ある男が長年家を留守にしていた。彼はポセイドーンに監視され、しかもたった一人きりであった。そのうえ、故郷では財産が彼の妻の求婚者たちによって浪費され、息子は生命を狙われていた。彼は嵐で難破したのち帰国し、幾人かの者に自分が誰であるかを明かしてから、敵を襲った。そして自身は救われ、敵はほろぼされた。

「ある男」とは、イオニア海の小さな島イタカの王オデュッセウスのことである。彼はトロイアでの戦争に勝利して帰国する途次、図らずも海神ポセイドンの怒りを買い、漂泊を余儀なくされた。だから「長年家を留守にしていた」。「たった一人きりであった」とあるが、初めからそうだったわけではない。仲間(部下)たちが帰国途上で次々と命を落としたために主人公は一人きりになり、女神カリュプソの島に七年間滞在した。詩篇が始まるのは、放浪の最後のこの時点からである。

故郷では、王の帰りがあまりに遅いので、すでに亡くなったと誰しもが思っていた。そこで多くの若者が彼の妻ペネロペとの結婚を求めて連日、館に押しかけてきた。彼女は拒むこともできず、招かれざる客たちに食事と葡萄酒を供する。そのために主人公の財産は日に日に目減りしていく。「財産が彼の妻の求婚者たちによって浪費され」という『詩学』の言葉はこのことを指している。

迷惑なら来訪を拒めばよい、と現代人なら思う。彼らはいわば不法侵入者なのに、なぜ饗応までするのか、理解しがたい。だが『オデュッセイア』の世界では、このような近代的感覚は通用しない。不法どころか、饗応を受けて然るべきだというのが求婚者たちの言い分である。なぜなら、来訪者が未知の人であろうとも(放浪する乞食であろうとも)、客として丁重にもてなすのが、『オデュッセイア』の世界のしきたりだったからである。客の歓待はたんなる慣習というよりもむしろ、「主客の儀」と呼ばれる、宗教的・道徳的な掟であった。

ただし、求婚者たちは正しい求婚手続きを踏んでいなかった。本来なら、彼らはまずペネロペに多くの贈物を贈らなければならなかったのに、それをせず、主客の儀を悪用して、王館で傍若無人な振舞いを続けていたのだ。夫さえ戻ってくればこの窮状から救われるのにと思いながら、ペネロペはオデュッセウスの帰りを、なかばあきらめながら待ちわびている。しかし、このまま待ち続けるべきか、再婚して息子のテレマコスに財産を残してやるべきか、彼女の心は揺れ動く。

少し先を急ぎすぎた。このあたりで、主人公が故郷を離れる原因となったトロイア戦争に言及しておこう。小アジアの北西部にあった堅固な城壁を持つ都市トロイアは、イリオンまたはイリオスとも呼ばれた。このイリオンを歌う物語が『イリアス』であり、ギリシアとトロイアの攻防の最終局面を描いている。オデュッセウスはそもそもこの戦争に加わりたくなかった。テレマコスが生まれたばかりだったためである。しかし、後に述べるような事情から、結局、遠征に参加することになった。戦いは予想以上に長引き、ついに一〇年目にして、オデュッセウスが考案した木馬の奸計によってトロイアは陥落した。ギリシア兵は巨大な木馬に潜み、スパイを使って言葉巧みにトロイア城内に木馬を引き込ませて夜を待ち、幻の戦勝に酔いしれる敵を一気に襲って滅ぼしたのである。

終戦後、ギリシアの英雄たちは故郷に戻るが、オデュッセウスの帰還だけが遅れた。トロイアからイタカまで苦節一〇年、主人公は波に呑まれ、冥界に下り、怪物と戦い、故郷を偲んで涙を流した。出征から帰国までの二〇年の間に、一粒種の息子は成人に達しようとしていた。

『詩学』の要約に戻ると、求婚者たちはテレマコスの生命を狙っていたとある。なぜか。彼らの真の目的は、結婚によってイタカ王の領地・財産・権力を得ることだったからである。王の死が確実ならば、その正統な継承者であるテレマコスは求婚者たちにとっては邪魔者だったのである。

詩篇後半に関する『詩学』の記述はじつに簡潔である。『オデュッセイア』は二部構造をなしていて、前半の第一―一二歌は主人公の帰郷までの経験を描き、後半の第一三―二四歌は帰国後の出来事を語る。アリストテレスは後半については、帰国した主人公が一部の者に素姓を明かし、敵である求婚者たちを襲って勝利したとしか語っていない。その数は一〇八名、とうてい単身で対決できる数ではない。そんな不利な形勢のなかで、彼は求婚者たちとどう戦ったのか。詩篇後半には、前半の冒険譚とは一味違った緊張感がみなぎり、苦節に耐えた知恵の英雄オデュッセウスの面目躍如たるものがある。さまざまなエピソードが目白押しで、読者は予想外の仕掛けにあっと驚き、期待にたがわぬ結末に胸をなでおろす。まさに、物語の醍醐味ここにありといった趣《おもむき》がある。

以上が『オデュッセイア』のあらすじである。プロットは単純明快だが、緊密な構成、複雑な物語展開、臨場感のみなぎる細部描写など、すぐれた物語に欠かせない要素がすべて具わっている。本書が『オデュッセイア』クルーズの羅針盤として、少しでもお役に立てれば幸いである。

“Bon voyage!(よき旅を!)”と、物語の大海原にすぐにでも漕ぎ出していただきたいところだが、船出の前に、一種の海図として本書の構成を一瞥しておきたい。文学作品としての『オデュッセイア』は、主人公が海上を放浪したように、歴史の波を乗り越えてきた。そこで第I部では、この詩篇の二八〇〇年の航跡をたどる。まず二〇世紀初頭のパリを皮切りに、同世紀末のカリブ海に向かう。その後、一気に古代に遡ってから、中世から近現代までの作品受容の跡をたどる。次に第II部では、言葉《エポス》の海へ漕ぎ出し、原文も少し眺めてみよう。

では、今度こそ本当に、Bon voyage!

第I部
書物の旅路

ホメロスの航跡をたどる

第一章　二〇世紀の『オデュッセイア』

一九二二年、パリ

一九二二年二月二日、パリの小さな書店から長篇小説が出版された。上梓にこぎつけるまで難渋を重ねた、曰くつきの作品である。その一部はアメリカの前衛的文芸雑誌『リトル・レヴュー』に一九一八年三月から連載されていたが、一九二〇年七・八月合併号がニューヨーク悪徳防止協会(The New York Society for the Suppression of Vice)によって猥褻《わいせつ》のかどで告訴された。翌年二月、有罪判決が下り、罰金の支払いと作品の掲載禁止が同誌の編集者に命じられた。すると、この小説の刊行を元々予定していた出版社もついに出版を断念した。セーヌ左岸の小さな英米文学書専門書店シェイクスピア・アンド・カンパニーの経営者シルヴィア・ビーチの英断がなければ、ジェイムズ・ジョイス(一八八二—一九四一)は、四〇歳のこの誕生日を大きな喜びとともに迎えることはできなかったであろう。

この日、ジョイスの畢生《ひっせい》の大作『ユリシーズ(*Ulysses*)』が部数限定の予約出版のかたちで、著者の望みどおりに単行本として、ようやく陽の目を見た。予約者リストにはアンドレ・ジイド、ヴァージニア・ウルフ、アーネスト・ヘミングウェイ、ウィリアム・B・イェイツ、ウィンストン・チャーチルなど、錚々《そうそう》たる著名人が名を連ねた。アメリカでは猥褻小説であるとして発売が禁止されたが、パリではこの話題の新刊書を一目見ようと大勢の客が狭い店に押し寄せた。限定一〇〇〇部のうちの七五〇部は普及版とはいえ、それでも当時としてはかなり高価な一五〇フランもしたが、シェイクスピア・アンド・カンパニー書店は刊行からわずか一カ月半でそれを売り尽くした。

このような難産の末に世に出た『ユリシーズ』も、今では二〇世紀文学の最高傑作と見なされている。題名の由来はUlixes(ウリクセス)、つまりὈδυσσεύς(Odysseus オデュッセウス)のラテン語形である。

この実験的小説はダブリンを舞台に、主人公レオポルド・ブルームの一九〇四年六月一六日午前八時から翌日午前二時までの行動と意識を描き、この一八時間の間に起こるできごとが一時間ごとに一つの「挿話」として語られる。挿話は、普通、文章や談話に挿入される短い話という意味であるが、『ユリシーズ』の一挿話の分量は通常の小説の一章分に相当する。各挿話の題は、「テレマコス」や「イタカ」など、『オデュッセイア』の作中人物や場所に因む。ジョイスは創作中に「計画表」を作成していた。それは小説全体の骨子を示し、各挿話の題や時刻、場所などがメモされている。『リトル・レヴュー』誌連載時には付されていたが、初版本では削除され、一九三〇年以降の版からまた復活した。

『ユリシーズ』とそのモデル

あくまでも仮定の話にすぎないが、「計画表」が復活されなかったら、あるいはもし『ユリシーズ』ではなく、たとえば『レオポルド・ブルーム氏のかくも長き一日』というようなタイトルだったとしたら、ホメロス叙事詩の換骨奪胎《かんこつだったい》であることに気づく読者はあまりいないだろう。登場人物たちの名前も叙述法も、状況設定や筋の進行、物語の詳細なども、明らかに異なるからだ。

たしかに、原作モデルに対応する作品名や挿話の題といった手掛かりがなくても、熟読すれば、網の目のように張り巡らされたヒントから両作品の関係を見破れるかもしれない。しかし、『ユリシーズ』はともかく長い。造語や難語が自在に駆使され、邦訳の通読でさえ骨が折れる。加えて、あることがきっかけで主人公の連想が広がり、内的独白が続いたかと思うと、不意に話題が飛ぶ。文学史上「意識の流れ」と呼ばれるこの手法は、慣れるまで戸惑いの連続だ。縦横無尽の多彩な文体に圧倒され、膨大な注に目を遣るうちに、話の脈絡がつかめなくなる。かくして、たくさんのヒントはいつの間にか雲散霧消してしまう。

読者は、小説の題名や挿話のタイトルといった仕掛けに助けられて、モデルとの関係を理解する。実際、ホメロス叙事詩から小説枠組みを借りたことを示す記号は、随所に意識的にちりばめられている。では、ジョイスは元の素材をどのようにアレンジしたのだろうか。

まず、登場人物は表1のような一対一の対応を示し、作品の構成も似ている。先述のように、『オ

表1　『オデュッセイア』と『ユリシーズ』の対応

	『オデュッセイア』	『ユリシーズ』
主人公	オデュッセウス	レオポルド・ブルーム
主人公の妻	ペネロペ	モリー・ブルーム
主人公の息子	テレマコス	(スティーヴン・ディーダラス)

デュッセイア』は主人公の漂泊を語る前半と、帰国後を語る後半に二分される。ただ、第一―四歌は息子のテレマコスが父の消息を求める旅の物語であるため、前半を細分化し、全篇を三分割することもできる。『ユリシーズ』の構成はこれに対応するかたちで、三つの部分に分けられる。すなわち、第一―三挿話は主人公の「息子」にあたるスティーヴン・ディーダラスの物語、第四―一五挿話は主人公レオポルド・ブルームの放浪、第一六―一八挿話は彼の帰宅後を描く。『ユリシーズ』の各部分の構成と主題は、そのモデルを忠実に継承しているのである。

次に、『ユリシーズ』と『オデュッセイア』の関係を見ると、絶妙なひねりが見て取れる。たとえば、第四挿話「カリュプソ」を取り上げよう。ここで初めて姿を現わすレオポルド・ブルームは、自宅で朝食のしたくをしている。先に言及した「計画表」によると、この挿話の題はベッドの上に掛かる「ニンフの浴《ゆあ》み」という絵に由来し、ニンフは『オデュッセイア』の女神カリュプソに相当するという。この絵は、ブルームの自宅がカリュプソの島に相当することを暗示する。オデュッセウスがそこを出て誰もいない海を「一人で彷徨する出発点」がその島であるように、ブルームがそこを出て人の多い街を「一人で彷徨する出発点」は彼の自宅である。

オデュッセウスはカリュプソの求婚を拒みながらも床をともにする。彼らは同ブルームもまた、最後の挿話「イタカ」で妻とベッドを共にするが、心は離れ離れである。ブルームもまた、最後の挿話「イタカ」で妻とベッドをともにするが、互いに違う方向を向いて横になるだけである。ニンフ＝カリュプソを描いた絵は、現実的距離と心理的距離の乖離した二組のカップルを象徴している。

その絵の下には、結婚の象徴であるベッドが置かれている。ベッドは、両作品で正反対のものを暗示する小道具になっている。それは『ユリシーズ』では夫婦の心のズレの隠喩であるが、『オデュッセイア』では、次のような経緯から、夫婦の固い絆の証拠とされるからである。すなわち、帰郷したオデュッセウスは年老いた乞食姿で人々の目を欺き、妻にも素姓を隠し続けた。求婚者殺害後に正体を明かすが、ペネロペは乞食が正真正銘の夫であることを信じようとしない。妻のあまりにかたくなな態度に腹を立てたオデュッセウスは思わず、夫婦しか知らないベッドの秘密を吐露した。それによって初めて、妻は目の前の男を夫として認めたのである。

さらに、時間の扱い方を見ると、『オデュッセイア』は物語の核心から叙述を始める技法を用いている。主人公の冒険は、時系列順にではなく帰国寸前の時点から叙述される。つまり描写は、彼の漂泊のほぼ最終段階、話の流れからはちょうど中間の時点から始まる。一方、『ユリシーズ』の幕開けは一日の起点である朝に設定され、話は原則として時系列順に展開される。ただし、意識の流れに沿って回想や連想、脱線などが挿入されるため、時間は一筋縄では行かない。物語内の所要時間では、ブルームのダブリン彷徨はわずか一八時間。オデュッセウスの一〇年もの遍歴とは桁違いに短い。時の扱いの点でも、両作品は複雑な様相を呈する。

人物設定の点では、関係は対照的である。オデュッセウスは抜群の知恵を持つ王だが、『ユリシーズ』の主人公は三八歳のユダヤ人の広告取り。見方によっては冴えない中産階級の男で、名だたる英雄とは正反対だ。オデュッセウスの息子はまもなく成人に達するが、ブルームの実の息子は生後わずか一一日で亡くなってしまった。「息子」の役を演じるのは、赤の他人のスティーヴン・ディーダラスという二二歳の学生である。このかりそめの父子は一度すれ違い、その後再会して語り合うが、最後にはまた別れていく。『オデュッセイア』の実の父子のように、再会後に力を合わせて敵を倒すわけではない。

妻についてはどうか。ペネロペに言い寄る「多数の」求婚者の代わりに、ジョイスは「一人の」敵対者を設定した。主人公の妻モリーに以前から関心を寄せていた興行師である。彼はこの日、演奏会の打ち合わせをするという名目で、ソプラノ歌手であるモリーを訪ねることになっていた。ブルームはダブリンの街をさまよいながらも猜疑心にさいなまれ、帰宅後は妻の情事の痕跡を見いだす。モリーの不倫とは逆に、そのモデルのペネロペは、孤閨を守り抜いた「貞女の鑑《かがみ》」である。『オデュッセイア』と『ユリシーズ』の逆転関係は、こうして人物設定にも及ぶ。

両作品の関係性については、ほかにも多くのことが指摘できるだろう。だが、以上のようなわずかな共通点と相違点からでさえ明らかなように、『ユリシーズ』は『オデュッセイア』の枠組みを借用し、並行や転倒、ねじれやズレなどを巧みに組み合わせて、複雑な照応関係を構築したのである。

パロディ？

『ユリシーズ』は、強く高潔で堂々とした過去と、汚らしくみじめで野卑な「現在」を対比させた反英雄詩だと、ギルバート・ハイエット（『西洋文学における古典の伝統』）は評した。このような著しい対照性のせいであろうか、『ユリシーズ』はホメロス叙事詩のパロディだとも言われる。パロディという言葉の意味は一様ではないが、他の芸術作品の模倣によって元の作品を揶揄・批判・諷刺するのがパロディの目的であるならば、『ユリシーズ』は『オデュッセイア』のパロディとは言えないだろう。ジョイスがオデュッセウスに寄せた思いを考慮に入れると、元歌を滑稽化する意図が彼にあったとは考えにくいのである。

ジョイスは少年期から『オデュッセイア』に熱中し、傾倒していた。最初の出会いは、トロイア戦争のことを学校で習った一二歳のときだった。彼は、随筆家チャールズ・ラムが『オデュッセイア』を子供向けに書き改めた『ユリシーズの冒険（*The Adventures of Ulysses*）』（一八〇八年）に魅了され、「わが敬愛する英雄」という、オデュッセウスを讃美する作文を書いた。

オデュッセウスへのジョイスの思いは、イギリス人の画家フランク・バッジェンによって書き残されている。彼はチューリッヒで『ユリシーズ』を執筆していた頃の作家と親交を結んでいた。ある日、ジョイスは、「作家が描いた人物のうちで誰か、完全で、すべてを具えた人物をご存知ですか」と彼に尋ねた。バッジェンは、ジョイスがもっか『オデュッセイア』を下敷きにした小説を書いていると洩らしたことを思い出し、正解を言い当てた。すると、ジョイスはこう語った（Budgen, p. 16）。

オデュッセウスはラエルテスの息子ですが、テレマコスの父、ペネロペの夫、カリュプソの愛人、トロイアを包囲したギリシア兵士たちの戦友、イタカの王です。試練をたくさん受けましたが、知恵と勇気ですべてを克服しました。忘れないでください、狂気を装うことによって兵役を避けようとした戦争忌避者だったのですよ。武器を執ってトロイアに行くつもりはなかったけれど、募兵に来たギリシアの戦士が狡猾すぎたのです。(中略)でも、いったん戦地に赴くと、この良心的戦争拒否者は徹底戦争論者になりました。他の人たちが攻城を放棄したいと思ったとき、トロイアが陥落するまでとどまるべきだと主張したのです。

「募兵に来たギリシアの戦士が狡猾すぎた」という部分は、『オデュッセイア』が沈黙しているエピソードである。すなわち、トロイアへの遠征を勧誘する一団がイタカを訪れたとき、息子が生まれたばかりだったオデュッセウスは勧誘に耳を貸さず、狂気を装って畑を耕し続けた。そこで勧誘団の一人のパラメデスが一計を案じ、犂《すき》を牽《ひ》く牛のすぐ前に赤子のテレマコスを置いた。息子の生命が危険に曝されるのを察知すると、父親はすんでのところで牛を止めた。パラメデスのこの奇策によって痒《よう》狂《きょう》を暴かれたため、オデュッセウスは不本意ながらも遠征に参加せざるを得なくなったのである。この有名な逸話は、後述のピロストラトスの『ヘロイコス』に巧みに組み込まれている(九五頁参照)。

右の発言の後、ジョイスは、オデュッセウスのことを「ヨーロッパで最初の紳士」と呼んだ。難破して九死に一生を得たオデュッセウスは、漂着した島で聡明な王女ナウシカアに偶然出会う。彼は一糸まとわぬ姿だったが近づいて、「もの柔らかで巧みな言葉をかけて」(6. 148)、援助を求めた。「ヨーロッパで最初の紳士」は、この礼儀正しさに由来する評価である。余談ながら、宮崎駿のアニメ『風の谷のナウシカ』の聡明で勇敢な主人公の名は、『オデュッセイア』のこの王女に由来する。

ナウシカアは『ユリシーズ』の挿話の題にもなっている。先に述べたように、『リトル・レヴュー』誌連載中に猥褻罪に問われたが、そのとき告訴の対象になったのが第一三挿話「ナウシカア」であった。友人の葬儀に列席した帰り道、喪服姿のブルームは海辺で偶然見かけた美しい少女を遠くから眺め、ひそかに手淫にふける。『ユリシーズ』の主人公は、オデュッセウスとは逆に、少女に近づくこともなく、丁重に挨拶することも、彼女に救いを求めることもなかったのである。

バッジェンの受けた質問に戻ると、ジョイスの問いの原文は"Do you know of any complete all-round character presented by any writer?"である。all-round(すべてを具えた、多面的な)は、息子、父、夫、愛人、戦士、王といった多様な顔を持つことを意味する。また、最初は参戦を拒否したにもかかわらず、戦場に立つと徹底的な攻撃を主張した変わり身の早さも意味する。ではcomplete(完全な)とは、一体どういうことなのだろう。バッジェンもそれを疑問に思い、こう言った。すなわち、彫刻家が彫像にした人物は多面的で三次元的になるが、「理想的」という意味ではcompleteとは限らず、人体は不完全で、人間も不完全なのだ、と。すると、ジョイスはこう答えた。

彼〔オデュッセウス〕は両方です。私は彼を、あらゆる側面から見るのです。だから、あなたの言った彫刻家の人物造形という意味で、彼はすべてを具えていますが完全な人でもあり、——すぐれた人です。ともかく、それこそ、私が描こうとしているものなのです。

「完全な」は「すぐれた」と言い換えられているが、その意味は説明されていない。「完璧な、欠点のない」というよりもむしろ、多くの長所とともに、じつに人間的としか言いようのない、愛すべき欠点をあわせ持つという意味だろうか。そうであれば、ジョイスの言葉も納得がいく。抜群の知恵を持つオデュッセウスといえども、完全無欠な模範的人物ではない。平気でうそをつく策士で（ただし、古代ギリシアでは虚言はかならずしも悪徳ではなかったが）、好奇心旺盛で向う見ず。そのせいで失敗も重ねた。けれども忍耐強く、用心深い。「どこの町、どこの国へ行っても、皆に好かれ大切にしてもらえる」（10. 38-39）と仲間たちが評したように、人に愛される人物である。では、『ユリシーズ』の主人公はというと、寛大、温厚、物静かな好人物である。孤独の影もつきまとうが、人に嫌われるタイプではない。やはりcompleteな男である（図1）。

ジョイスは少年時代から『オデュッセイア』に敬愛の念をいだき、『ユリシーズ』執筆中もその主人公を、すべてを具えた完全で立派な紳士と見なしていた。だから、ジョイスが揶揄の意図をもって『オデュッセイア』をパロディ化したとは考え難い。

二〇世紀的現象としての『オデュッセイア』受容

とはいえ、パロディと見なす解釈にも分《ぶ》がないわけではない。というのは、あくまでも結果から見てのことだが、ジョイスの小説はホメロス叙事詩の評価に新風を吹き込んだからである。『ユリシーズ』は一見たしかに、パロディのように見える。たとえば、非英雄的な主人公とふしだらな妻は、『オデュッセイア』の知恵の英雄と貞節な妻を矮小化しているように見える。モデルを逆転させ、茶化しているかのような印象、まさにそれが、ホメロス叙事詩の揺るぎない権威の解体に寄与した。なぜなら、近代ヨーロッパでは、『イリアス』と『オデュッセイア』は高い教養と学識の表象として、ハイ・カルチャーの正統的権威の頂点に君臨していたからである。『ユリシーズ』がホメロス叙事詩のこのようなイメージを切り崩したことはたしかである。

『ユリシーズ』は期せずしてこのような結果を招来したが、ジョイスの真の狙いは古典的な英雄を貶《おとし》めることではなかったであろう。先に述べた理由から、『オデュッセイア』を嘲弄することが彼の真意だったとは思われ

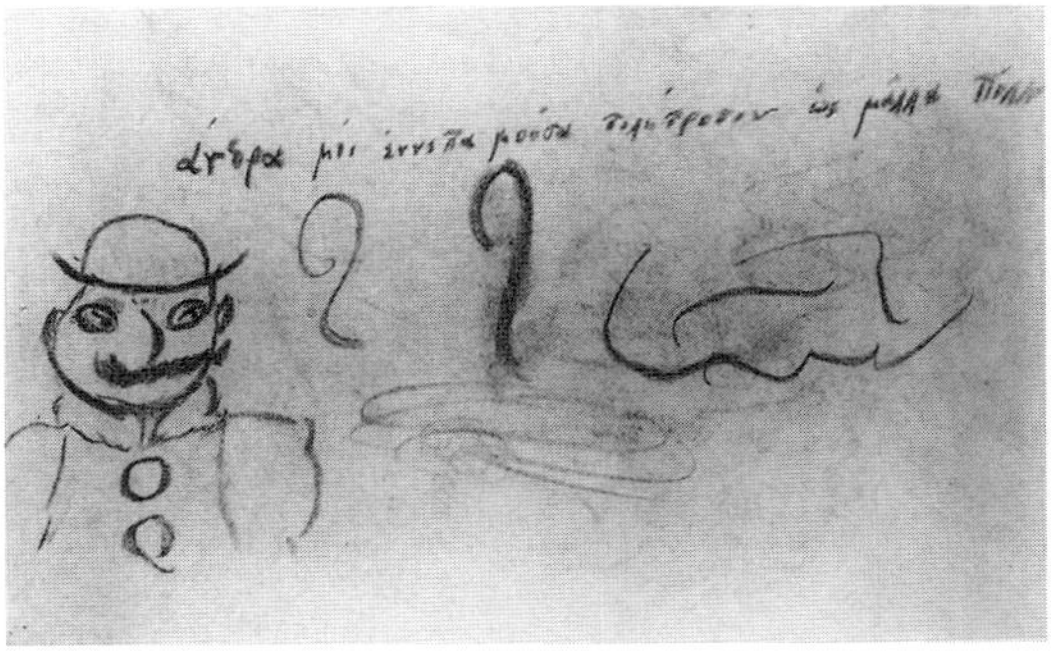

図1――ジョイスによるレオポルド・ブルームのスケッチ(1920年). 右上に『オデュッセイア』冒頭の一行がギリシア語で記されている. (Rubens & Taplin, p. 17)

ない。むしろジョイスは、一般市民の家や庶民的なパブを舞台とし、市井の平凡な夫婦を中心に据えることによって、普遍的な人間のさまよえる魂を描こうとしたのではないだろうか。それは、故郷ダブリンに対して愛憎相半ばする複雑な思いを秘めながら異邦に住むことを自ら選択した作者自身の、「故郷」への思いともおそらく重なるのであろう。

普遍的人間の象徴としての非英雄的なレオポルド・ブルームは、近代ヨーロッパがホメロスに託した精神的権威をみごとに裏返して見せた。それは、パロディという語では片付けられない。ジョイスの小説は、ホメロスを頂点とする文化的ヒエラルキーに風穴を開けた。その穴を通り抜けた二〇世紀の風は時の流れとともに勢いを増し、現在では、『ユリシーズ』抜きにホメロスを読むことはできない。二〇世紀には、エルンスト・ブロッホ、マックス・ホルクハイマー、テオドール・アドルノ、フランツ・カフカなどの哲学者や作家たちが『オデュッセイア』とその主人公をめぐって思索を展開したが、彼らがブルームと同じくユダヤ人であること、また、カフカ以外は、ジョイスと同じように祖国を離れた人たちであったという事実は、『ユリシーズ』の出現を可能にした時代というものと決して無縁ではない。

T・S・エリオットやエズラ・パウンドなど、ジョイスとつながりの深いモダニストはもとより、他の多くの二〇世紀の詩人や作家も、『オデュッセイア』をモデルにして独自の文学作品を創造した。フランスでは、ジャン・ジロドゥーの『エルペノール(*Elpénor*)』(一九一九年)や、ルイ・アラゴンの『テレマックの冒険(*Les Adventures de Télémaque*)』(一九二二年)などが創作された。前者は、『オデュッセイア』第一一歌で主人公が冥界を訪れ、そこで最初に出会う部下エルペノルの視点から書かれた小説である。後者は、『オデュッセイア』をモデルとするフェヌロンの同名小説(一一六頁)のパロディと評される。また、『木を植えた男』で日本でも一時ブームになったジャン・ジオノは、『オデュッセイアの誕生(*Naissance de l'Odyssée*)』(一九三〇年)という小説で、神経質で年老いた嘘つきとして主人公ユリース(オデュッセウスのフランス語形)を描いた。

『オデュッセイア』がモデルの作品が次々と誕生するのは、二〇世紀特有の現象である。ホメロス叙事詩の受容を振り返ると、ジョイスの果たした役割は大きく、今から一〇〇年ほど前に大きな変動が生じたと言っても過言ではない。変動の一つは、評価の逆転である。もう一つは、「周縁」での再生である。前者の詳細は第I部第四章に譲り、この章では後者に焦点を絞ることにする。

ヨーロッパの周縁での変奏曲

ホメロス詩篇は二〇世紀以前には、ラテン文化の正統的な継承者であるイタリアやフランス、そして古典学の伝統を誇るドイツやイギリスなど、ヨーロッパの「中心」で読まれていた。しかし二〇世紀以降は、その「周縁」地域で質の高い文学作品を生み出す契機となった。このような現象が顕著に認められるのは、とくに南のギリシアと北のアイルランドである。

たとえば、ギリシアの詩人で、劇作家・政治家でもあったニコス・カザンツァキス(一八八三―一九五七、図2)は『オジッシア(Οδύσσεια)』(一九三八年)を創作した。カザンツァキスは、マイケル・カコ

図2——故郷クレタ島にあるカザンツァキスの墓碑．（田中博明氏撮影）

ヤニス監督の映画『その男ゾルバ』（一九六四年）の原作小説『アレクシス・ゾルバスの生活と行状（*Βίος και πολιτεία του Αλέξη Ζορμπά*）』（一九四六年）の著者として名高い。現代ギリシア語韻文による二四巻三万三三三三行の『オジッシア』は、壮大な規模と内容から、現代の叙事詩と呼びうる記念碑的長篇詩である。多くの方言語彙と造語ゆえに難解であるせいか、発表から二〇年後にようやく英訳（*The Odyssey: A Modern Sequel*）が出た。

『オジッシア』の物語は、『オデュッセイア』で予言者テイレシアスが主人公に告げた予言（11. 119-136）に基づいて展開する。すなわち、帰国して求婚者たちを殺した後、ふたたび旅に出て海神ポセイドンの怒りを宥めることによって、穏やかな老年と最期を迎えるであろうという予言である。『オデュッセイア』は、主人公のこの第二の旅の詳細を語らない。カザンツァキスはこの謎めいた予言を、イタカ帰郷後の奇想天外な旅に発展させた。その壮大な地球紀行は平坦ではない。オデュッセウスはまずスパルタに赴き、トロイア戦争の原因である絶世の美女ヘレネとともにクレタやエジプトをめぐる。ナイル川の上流でユートピアを築くが、火山の爆発によって破壊され、その後、アフリカをさまよい、最後は南極にたどり着いて生涯を終える。

多くの二〇世紀版『オデュッセイア』変奏曲のなかでも、とくにジョイスの『ユリシーズ』と『オジッシア』を高く評価したのは、『ユリシーズのテーマ(*The Ulysses Theme*)』(一九六三年)という、古代からのオデュッセウス像の変容をたどる包括的研究書である。それによると、ジョイスは故郷という中心に向かう求心的なオデュッセウスを描き、カザンツァキスはひたすら外に向かう遠心的なオデュッセウスを描いたという。この本は『オデュッセイア』受容史研究の必読書だが、著者のウィリアム・B・スタンフォードも、「周縁」地域の北アイルランドの首府ベルファスト出身である。

アイルランドにはジョイス以外にも、ホメロスに霊感を受けた詩人や作家がいる。たとえば、一九九五年にノーベル文学賞を受賞した詩人シェイマス・ヒーニーもその一人だが、ここでは、もう一人の抒情詩人マイケル・ロングリーに触れておきたい。彼は古典学を専攻したせいか、古典的モチーフに満ちた詩が多い。『存続しない都市(*No Continuing City*)』(一九六九年)には、「ナウシカア」や「キルケ」という詩が所収されている。批評家のローナ・ハードウィクによると、ロングリーは過去と現在、記憶と体験、味方と敵、公と私の間に欠かせない声としてホメロスを用いたという。

ロングリーの印象的な言葉を紹介しよう。『オデュッセイア』は、波にもまれながら岩にしがみつく主人公を「あたかも、穴から引き出される蛸《たこ》の吸盤に、無数の小石が堅く付着しているさまにも似て」(5. 432-435)と表現した。ロングリーはこの直喩を踏まえて、詩とはホメロスの蛸のようなものだ、ただし蛸の吸盤には小石がついているが、詩歌についているのは宝石だ、と語った。

デレク・ウォルコット

「中心」対「周縁」の構図は、「イギリス対アイルランド」のように、従来はヨーロッパ文化圏の内にとどまっていた。しかし第二次世界大戦後、多くの旧植民地が独立し、脱植民地化のうねりがカリブ海まで波及したとき、この局地的構図は「ヨーロッパ文化圏」対「非ヨーロッパ文化圏」に拡大した。西インド諸島は、奴隷貿易や移民流入によって複雑な多民族社会を形成していた。独立への困難な歩みのなかでは、アイデンティティの模索は不可避である。この課題と真摯に格闘した一人の詩人が、ホメロス叙事詩を西洋のみの古典とする視野の狭い従来の見方から、世界の古典へと解放した。

その詩人とは、デレク・ウォルコット（一九三〇― ）である。ウォルコットは、当時まだ英国領であったセントルシアの首都カストリーズで生まれた。セントルシアは、西インド諸島の一部をなす小アンティル諸島に属する小国で、一九七九年に独立した。ウォルコットは、祖父がイギリス人とオランダ人、祖母がともにアフリカ人という混血の家系に生まれたこともあって、奴隷の刻印にこだわり続けた詩人である。一九九二年にカリブ海域で初めてのノーベル文学賞を受賞し、現在も詩人・劇作家として活躍している。

以下では、二〇世紀末の地球規模での古典受容の好例であるデレク・ウォルコットの作品から、ホメロス叙事詩の影響の濃い二作品を取り上げる。長篇叙事詩『オメロス（*Omeros*）』（一九九〇年）と、『オデュッセイア』の翻案劇『オデュッセイア劇場版（*The Odyssey: Stage Version*）』（一九九二年）である。

『オメロス』

『オメロス』は七〇〇〇行からなる長篇叙事詩である。韻律のほとんどはテルツァ・リーマ(三韻句法)である。この詩形は、三行で一連を形成し、一連中の一行目と三行目が同じ韻を踏み、二行目の韻が次の連の一行目と三行目で反復される。中世最大の詩人ダンテが始めた韻律である。T・S・エリオットは、英語はイタリア語ほど韻語が豊富ではないため、テルツァ・リーマでの作詩は困難だとこぼしたが、ウォルコットは、アンティル諸島で使用されるクレオール言語の一つであるパトワ(方言)を巧みに取り入れて、この制約を克服した。

ダンテ・アリギエーリ(一二六五―一三二一)は『神曲(*La Divina Commedia*)』(一三〇四―二一頃)で、模範とする『アエネイス』(後述)の作者ウェルギリウスを導き手として、死後の世界をめぐった。ウォルコットは『オメロス』で、『神曲』の韻律を用いながら、『アエネイス』の文学的源泉となったホメロス叙事詩に立ち返った。この系譜を見る限り、『オメロス』はカリブ海域で生まれたが、ヨーロッパ文学の王道を継承する正統的な叙事詩として位置づけられる。

ところがウォルコットは、『オメロス』の発表直前、一九九〇年一〇月九日の『ニューヨーク・タイムズ』紙のインタヴューで、自分の詩は叙事詩ではないと述べた。発表直後の同年一一月一〇日の『インディペンデント』紙でも、同じ趣旨の発言を繰り返した。その理由は、彼によると、「叙事詩」とは戦争や勇士を含むものであるが、『オメロス』は戦闘を描かないからだという。たしかに、ウェルギリウスは『アエネイス』冒頭で、「戦いと勇士をわたしは歌う」(岡道男・高橋宏幸訳)と高らかに宣言した。戦争や英雄を歌うのが叙事詩であるという合意は、古代以来の伝統である。戦闘場面の欠如ゆえに自作を叙事詩の範疇から除外するとしたこの現代詩人の真意は、どこにあるのか。

「帆船《スクーナー》『逃避号』」という詩(後述)に関連して、「ウォルコットの真骨頂は一切の権力と権力を生み出す構造と無縁でいようとする徹底した姿勢にある」と、恒川邦夫氏は指摘した(「カリブ海の島々から――クレオールの挑戦」)。けだし卓見である。ここには、『オメロス』を叙事詩と見なすことを否定した詩人の意図を理解する鍵がある。戦争とは、まぎれもなく、権力が生み出す構造的暴力である。人権を蹂躙《じゅうりん》し、無辜《むこ》の市民や幼児《おさなご》からも生命を奪う暴虐である。ウォルコットは権力への抵抗姿勢を貫き、権力がその牙を最もあからさまにむき出す戦争そのものを、『オメロス』で断固拒否したのではないだろうか。

そこで思い出されるのは、夭逝したフランスの哲学者シモーヌ・ヴェイユ(一九〇九―四三)である。第二次世界大戦の開戦の年から翌年にかけて執筆した『『イリアス』あるいは力の詩篇』という論考の冒頭で、ヴェイユはこう述べた(冨原眞弓訳)。

『イリアス』の真の英雄、真の主題、その中枢は、力である。人間たちに操作される力であり、人間たちを服従させる力であり、それを眼前にすると人間たちの肉が収縮する、そういう力である。(中略)以前と同じく今日においても、全人類史の中枢に力を見てとるすべを知る者なら、この詩篇のうちにもっとも美しくもっとも純粋な鏡を見いだすであろう。

ヴェイユは『イリアス』を、人間に君臨する非人間的な「力」を描く詩と見なし、「力」に翻弄される人間の存在論的悲哀を読み取った。彼女はホメロスを、圧倒的な「力」の前に怯《ひる》みながらも、力の限り、自らの生をまっとうしようとした人間像を描いた詩人としてとらえた。しかしその「力」そのものを拒むところまでは行っていない。ヴェイユとウォルコットの違いは、歴史状況の相違もさることながら、自ら進んで工場労働者となった先進国のエリートと、生まれながらにして奴隷の刻印に躓《つまず》かざるをえなかった混血中産階級出身者の違いでもあろう。「力」の究極的形態である戦争の理不尽さの奥に輝く、はかなく美しい人間の姿にヴェイユは心を寄せたが、ウォルコットは、戦争を詩の中心主題とすること自体を承服せず、戦いと勇士を歌う伝統的叙事詩概念そのものに、真っ向から異議申し立てをしているかのようだ。

ホメロスの影

『オメロス』にはたしかに戦闘場面がない。その点では、伝統的な叙事詩の定義を逸脱した作品であるが、そのモデルは明らかにホメロス叙事詩である。第一、題名がそれを単刀直入に示している。『オメロス』は現代ギリシア語で「ホメロス」を意味する。また、まるで古代の詩人がタイムマシンに乗って現代に来たかのように、オメロスという名の目の不自由な老いた語り手がこの詩に登場する。

彼は書き上げた詩の原稿の束を握りしめながら、浮浪者のような身なりでロンドンを放浪する。老いた乞食と放浪という設定には、もちろん『オデュッセイア』の主人公が投影されている。

さらにそこには、『イリアス』とのパラレルな関係も認められる。美しい島の娘ヘレンをめぐる二人の男の争いというメイン・テーマは、その明らかな踏襲である。『イリアス』は、大小二つの美女争奪戦の物語である。美女ヘレネをめぐるトロイア戦争の勃発という大きな枠組みのなか、戦争の最終局面では、美しい捕虜ブリセイスをめぐって、アキレウスとアガメムノンが争う。それと同じく、『オメロス』では、漁師のアーシルと友人のヘクターがヘレンの愛を競うのである。

ヘレン(Helen)とヘクター(Hector)は、ヘレネ(Helene)とトロイアの英雄ヘクトル(Hector)の英語形、そしてアーシル(Achille)は英雄アキレウス(Achilles)を指すカリブ海域の方言(パトワ)である。この三人の主要人物の名前と相互の関係はたちまち古代英雄叙事詩を連想させるが、『イリアス』とのパラレルは、細部にもちりばめられている。たとえば、タクシー運転手のヘクターはしばしば「道路の戦士」と呼ばれ、「彗星」という名の彼の大型タクシーは chariot（古代の戦車）とも呼ばれる。

では、『オメロス』と『オデュッセイア』の関係はどうだろう。オデュッセウスを直接想起させる人物は、『オメロス』には登場しない。だが、次に述べるように、不在ゆえにかえってその存在感が高まる逆説的な仕掛けが看取されるのである。

この逆説的な仕掛けは、そもそも『オデュッセイア』に内在している。オデュッセウスは、「いない」のに「いる」、また同時に、「いる」のに「いない」、という不思議な主人公である。というのは、なかなか帰還しない主人公は、イタカでもテレマコスの旅先でも、つねに人々の関心の的になる。つまり、実際には人々の目の前にいないのに、幻のように遍在するのである。一方、彼の帰国後は、「存在」と「不在」が逆転する。襤褸《ぼろ》で正体を隠した主人公は、乞食として故郷に潜伏している。それによって彼は、現実にはイタカに「いる」のに、あたかも「いない」かのように事態が進行する。

『オメロス』でも同様に、オデュッセウスの表面上の不在が前提となって物語が進む。すなわち、オデュッセウスは先述の三人の主要登場人物のように表には出てこないが、代わりに、彼を髣髴《ほうふつ》とさせる分身が登場する。それは、アーシルとヘクターの友人フィロクテート(Philoctete)である。

フィロクテートの名は英雄ピロクテテス(Philoctetes)に由来する。ピロクテテスへの言及は『オデュッセイア』には二個所(3. 190; 8. 219)しかないが、トロイア伝説中のギリシア側の名高い弓の達人である。彼がレムノス島に置き去りにされた話は、『イリアス』でも言及される(*Il.* 2. 716-728)。伝説によると、ピロクテテスはトロイアに向かう途中、水蛇に足を咬まれた。膿んだ傷口から発する耐えがたい悪臭のせいで、あるいは激痛によるすさまじい悲鳴のせいで、この島に連れて行かれて一人だけ残された。オデュッセウスが彼を置き去りにすることを提言したとも伝えられる。そして戦争が終盤にさしかかったとき、トロイア陥落にピロクテテスの弓が不可欠だという予言によって、彼はやっとその島から連れ戻された。

『オメロス』の冒頭は、水夫《かこ》フィロクテートの描写から始まる。彼の足には、錆びた錨で負った傷痕が残っている。名前と傷という共通点から、彼は明らかにピロクテテスの分身であるが、オデュッセウスもまた足に傷痕があり、海を渡る船乗りである。傷については、彼の足を洗う乳母が傷跡を見てその素姓を見破る有名な場面が『オデュッセイア』第一九歌にあり、彼が幼少時に猪に衝かれて足に傷を負った経緯が詳述される。

フィロクテートとオデュッセウスの共通点は他にもある。『オデュッセイア』では、弓が重要な小道具である。やむなく再婚を決意したペネロペはその相手を選ぶために求婚者たちに弓競技を課すが、弓に弦を張れた者は一人もいなかった。だが、主人公はその強弓に軽々と弦を張り、矢を放って彼らを殺害する。豪腕の射手オデュッセウスは、戦争終結に不可欠な射手ピロクテテスと、弓を媒介としてつながっているのである。

ピロクテテスは、『オデュッセイア』での自身の不在を補塡するかのように、『オメロス』のフィロクテートとして出現する。そしてそれをとおして、『オデュッセイア』の主人公は『オメロス』で、影のような存在としてよみがえるのである。

現代によみがえるホメロス

ウォルコットはホメロスの二大叙事詩を歴史的観点から捉え直し、現代的関心を注いだ。たとえば『オメロス』における三角関係は、恋愛をめぐる個人的葛藤のレベルに終始するものではない。彼の故郷セントルシア島は実際に「カリブ海のヘレネ」と呼ばれ、その領有をめぐって一七世紀から一八世紀にかけてイギリスとフランスが一四回も戦いを交えた場である。『オメロス』のヘレンは、トロイアのヘレネという古代的形象を継承しながらも、黒人の美女としてアフリカ的なイメージをまとうことによって、列強の権力抗争の犠牲となったセントルシア島の隠喩になる。『オメロス』には、民族の過去の記憶が如実に刻印されているのである。

詩人の目は、歴史の集積としてのアンティル諸島の人々の貧困にも向けられる。ホメロス叙事詩で活躍するのは支配階級に属する英雄であるが、『オメロス』は逆に、ウェイトレスあるいはメイドとして働く女性や貧しい漁師やタクシー運転手の、つましい日常生活を描く。そこには、列強による植民地化の過去と、過酷な歴史を引きずる現在とが交錯している。

さらに、黒人奴隷の子孫という事実を主体的に受けとめるウォルコットにとって、自身のアイデンティティ探求と切り離すことができないのは、祖先を故郷アフリカから強制連行した奴隷貿易という過去である。したがって、郷里を目指したオデュッセウスの航海は、故郷喪失と民族離散の歴史を背負うこの詩人自身の故郷探求の旅とオーバーラップする。この探求を象徴するのは、『オメロス』の擬似的な冥界下降である。オデュッセウスが死者の国を訪れるように、日射病に罹ったアーシルは、冥界下りを連想させる幻想のなかで、自身の究極の故郷アフリカに向かう。だが、そこで会った三〇〇年前の祖先は、アーシルを認識できない。祖先による子孫の否認は、『オデュッセイア』における喜ばしい認知と正反対である。『オメロス』の結末は、清算しようにもしきれない過去と現在を照し出す。ウォルコットは、ホメロス叙事詩をダイナミックに現代に包摂し、「ヨーロッパの」古典を第三世界の一角で「全世界の」古典へと解き放ったのである。

詩劇『オデュッセイア』

一九九二年七月、ウォルコットはシェイクスピアの故郷ストラットフォード・アポン・エイボンで『オデュッセイア劇場版』を上演した。古代叙事詩と同名の現代劇を区別するために、以下、後者を『劇場版』と呼ぶ。初演は、創作を委託したロイヤル・シェイクスピア・カンパニーのジ・アザー・プレイス劇場で、グレゴリー・ドランの演出であった。劇評はおおむね好評で、とくに『タイムズ』紙の演劇評論家は、この劇に顕著な同時代性を指摘し、「劇場を去るとき、オデュッセウスの旅は今もどこかで起こっていると感じるはずだ」と批評を結んだ。

『劇場版』は古代ギリシアを舞台とし、プロットの展開は原作にほぼ忠実であるが、多くの点で扱い方が異なる。たとえば、『オデュッセイア』は主人公の放浪を彼自身の回想談として示すが、劇では複数のエピソードが一つに凝縮され、過去と現在が交錯する。

その典型的な例が、キュクロプス族の一つ目巨人の場面である。オデュッセウスは巨人の洞窟で絶体絶命の危機に陥るが、持ち前の機転を働かせ、策略によって巨人の目を潰し、洞窟からの脱出に成功する(9. 216-467)。このエピソードは『劇場版』第一幕第八場で扱われるが、設定は原作とは異なる。主人公は未来にワープし、ドラム缶のころがる二〇世紀の波止場が舞台となる。巨人は「アイ(I/eye)」とも呼ばれ、絶対的な権力を乱用して人々に思考停止を命じる暴君である。『劇場版』のテクストは一九六〇年代のギリシアの軍事独裁政権を暗示するが、初演の演出はイラクの諜報機関を意識したものだったようだ。また、『オデュッセイア』第一一歌の黄泉の国は、ロンドンかニューヨークを連想させる大都会の地下鉄の駅という、いかにも現代的な設定である。『劇場版』と『オデュッセイア』のすべての異同を詳述する余裕はないが、ただここで指摘したいのは、両作品の相違点が古代と現代を結びつけると同時に、地中海とカリブ海を一体化する触媒としても機能する点である。これらの異なる時間と空間をつなぐのは、劇の冒頭、打ち寄せる波の音のなかで歌い始める盲目の歌手ビリー・ブルーである。

あの男のことを歌おう、彼の話は私たちを楽しませてくれるから。
トロイアの後、一〇年間も、試練と嵐を見た男のことだ。

この直後、『オデュッセイア』冒頭がギリシア語で朗誦されると、古代のオーラが劇場全体を包む。ビリー・ブルーはホメロスその人となり、劇の進行に応じて『オデュッセイア』に登場する二人の楽人(ペミオスとデモドコス)にもなる。古代の雰囲気が充満する演劇空間は、「故郷のない、さすらいの語り部」によって統括される。黒人俳優が演じるビリー・ブルーは(図3)古代ギリシアの詩人でありながら、故郷アフリカを喪失したカリブ海域の諸民族の声も響かせる。列強の植民地政策によって故郷を離れざるをえなかった彼の祖先の姿がオデュッセウスと重なりあう。望郷の念を支えに労苦と屈辱に耐えた英雄のように、祖先たちは奪われた故郷への渇望を支えに、苛酷な苦役と奴隷の境遇に耐えた。古代詩の主人公と民族の歴史は、盲目の歌い手のなかで合わせ鏡のように反射しあう。

『劇場版』は『オデュッセイア』を現代演劇に移植した安直な同工異曲ではない。この劇のあちこちには、脱植民地化時代ならではのメッセージが埋め込まれている。それを端的に表すのが、「海は世界中の岸辺で同じ言葉を話している」という第二幕第四場のビリー・ブルーの歌の一節である。オデュッセウスが漂った海は太古から変わることなく、地球上のすべての海とつながりつつ、世界全体を取り巻いている。悠久の海の声は古代と現代を二重写しにしながら、ホメロスが「葡萄酒色の海」と呼んだ地中海とカリブ海を結びつける。

この劇で一つに溶けあうのは海だけではない。そのメッセージは、人と人の関係にも及ぶ。先の引用のように、ウォルコットの真骨頂は「一切の権力と権力を生み出す構造と無縁でいようとする徹底した姿勢」にある。権力は支配関係への志向から派生する。あるいは逆に、上下・優劣の差異化は、権力が故意に作り出す支配装置であろう。いずれにせよ、権力と上下関係は不可分である。したがって、権力から遠ざかる姿勢は対等な人間関係を理想に掲げる。

この姿勢を如実に示すのが、第一幕第一場におけるオデュッセウスとテルシテスの印象的な会話である。テルシテスは『イリアス』に登場する下級兵士で、風貌の醜く品性下劣な男である。彼はギリシア軍の総大将アガメムノンに楯を突き、口汚く罵って侮辱したため、オデュッセウスに打擲《ちょうちゃく》される。他の兵士たちは、その痛みに泣くテルシテスを嘲笑し、彼を黙らせたオデュッセウスの統率力を賞讃する。彼は「オデュッセウスにとっては最も憎い男」(*Il.* 2. 220)であった。軍を統率する支配者と支配される一兵卒との、鮮やかな対立構図がここにはある。

『オデュッセイア』はテルシテスに言及していない。だが『劇場版』は、オープニングに彼を登場させることによって、『イリアス』とは正反対の人間関係を提示する。冒頭のアキレウスの火葬準備とトロイアからの出航の場面は、かなり奇異に映る。テルシテスがアガメムノンやオデュッセウスと和気藹々《わきあいあい》として語り合う光景は、『イリアス』からは想像できないからである。つまり、ホメロス叙事詩から完全に逸脱したかたちで劇は始まるのである。

図 3——デレク・ウォルコット『オデュッセイア劇場版』初演でビリー・ブルーを演じるルドルフ・ウォーカー.（Fowler, p. 353）

冒頭の会話は観客をもっと驚かせる。『劇場版』のテルシテスは傭兵である。彼は戦争の終結と平和の到来で職を失うことを案じ、『イリアス』のテルシテスのように、上司に憎まれ口をたたく。ただ、『イリアス』ほど激烈な口調ではなく、軽口に近い。オデュッセウスはそんな彼に、一緒にイタカに来ないかと誘う。『イリアス』の場面が頭にこびりついていると、この台詞に思わず耳を疑うことになる。なにしろ、テルシテスはオデュッセウスにとって「最も憎い男」だ。その彼を自分の故郷に招くとは、思いがけない提案である。『劇場版』のテルシテスは斜に構え、すねた風情を見せながら抗弁する。しかし彼も最後には、思いやり深い上司の温情を感じて、"I love you."と告げ、二人は抱擁しあって退場する。二人の言動は、堅固な身分制度が自明の前提である『イリアス』とは正反対である。望郷の念の前には身分の垣根がないこと、人間的共感によって上下関係の溝が埋められることを、『劇場版』のオープニングは示唆する。

権力に対するウォルコットの基本姿勢は、権力の一形式である暴力や、その究極的形態としての戦争に対しても貫かれる。戦場が舞台の『イリアス』と違って、『オデュッセイア』には武器を交える場面はほとんどないが、第二二歌だけは別で、その巻で主人公は求婚者たちを殺害する。その後、殺された求婚者の遺族が復讐のために武器を携えて押し寄せてくることになるが、『オデュッセイア』の主人公はそれを予想して、きわめて冷静沈着に応戦の準備を進めるのである。

『劇場版』も求婚者との戦いを描くが、殺害の途中から原作と大きく異なり、オデュッセウスは戦闘のさなかに突如、精神錯乱に陥る。彼はトロイアの平原や海上にいるという幻覚に陥り、意味不明の言葉を並べ立てる。私たちは、ベトナム戦争以降クローズアップされた帰還兵士の精神的トラウマの問題を知っているため、この突然の精神錯乱と幻視を、求婚者殺戮という擬似戦争のフラッシュバックとして理解する。劇中でも彼の狂気は「戦争に対する良心の呵責からくる後遺症だ」と言われる。殺害後も冷静を保つ古代の英雄と、狂乱寸前の現代劇の主人公。この相違は、両作品の歳月の隔たり以上に大きい。

終幕近くのペネロペの言動も注目に値する。求婚者殺害後の血の海のなかで、乞食姿のオデュッセウスが「あなたのためなのだ、私が殺したのは」と弁解すると、ペネロペは「私が二〇年も貞操を守ったのはこんなことのためだったのですか」と反論する。これもホメロスにはない台詞である。『劇場版』には女中たちの絞首刑の場面がない。これもペネロペの描き方と関連する。『オデュッセイア』のペネロペは、求婚者たちとの戦いの間、二階で眠っているため、彼らと密通していた女中たちが処刑されたことを知らない。したがって彼女はこのことにまったく触れない。ところが『劇場版』のペネロペは、女中たちを処刑しようとするオデュッセウスに、「あなたはこの屋敷を殺戮の場にしようとするのですか」と鋭く迫るのである。

ロメール・ベアデン

デレク・ウォルコットは初期の詩以来、一貫して古典への愛着を示してきた。たとえば、次に拙訳であげる「帆船《スクーナー》『逃避号』」の一節にも、ホメロスの声が響いている。

僕は海が大好きな、赤銅色の黒人にすぎない。
僕はまっとうな植民地教育を受けた。
僕のなかにはオランダ人と黒人とイギリス人が入っている。

そして僕は誰でもないか、さもなければ、僕が一つの国《ネイション》だ。

四行目の「誰でもない(nobody)」は、明らかに『オデュッセイア』第九歌のエピソードを踏まえている。狡猾なオデュッセウスが「ウーティス」という偽名で一つ目巨人を欺く話であるが、この偽名は英語の nobody に当たるギリシア語である。

ウォルコットに関連して、最後にもう一人紹介したいのは、彼と関係の深いアフリカ系アメリカ人の画家ロメール・ベアデン(一九一一—八八)である。この詩を収めた詩集『カイニット王国(*The Star-Apple Kingdom*)』(一九七九年)の表紙は、ベアデンの切り絵(口絵参照)で飾られた。『オメロス』創作の着想は、この画家との会話がきっかけであった。ベアデンはカリブ海で難破し、漂流したことがあった。そのとき船荷や豚や水夫などがどんなようすだったかをベアデンが巧みに話すのを聴くうちに、ウォルコットは『オデュッセイア』を連想した。画家の漂流体験とオデュッセウスの放浪が一つになって『オメロス』の構想が瞬時にひらめいたと、彼は回想する。

ベアデンは一九七七年に、『オデュッセイア』のさまざまな場面を一連のコラージュとして描いた。『カイニット王国』の表紙を飾ったのは『オデュッセイア』の一場面(5. 333-353)、つまり女神カリュプソの島を出発した後、嵐の波に翻弄されるオデュッセウスに、女神レウコテアが白いヴェールを投げかけて命を救う場面である。

鮮やかな色彩のコラージュのなかにベアデンが投影したのは、肌の黒いオデュッセウスである。レウコテアは、ギリシア語の「白い(レウコス)」と「女神(テアア)」の合成語である。しかしこの「白い女神」の肌は、ベアデンの一連のコラージュの他の人物たちと同様に黒い。彼は西洋の白人文化の精髄であるホメロス叙事詩を、自身の文化的コンテクストに手繰り寄せ、みごとに視覚化してみせた。皮膚の色に凝縮されたのは、文化的枠組みの超越そのものである。そしてベアデンは、自ら結晶させたこの超越を、言葉で紡ぐようウォルコットを促したのである。

葡萄酒色の海を漂うオデュッセウスの物語は、ニューヨークのハーレムを愛した黒人画家と、カリブ海の黒人奴隷の歴史を背負う詩人に、悠久の時の流れを軽々と飛び越える力強い翼を与えたのである。

第二章　叙事詩の誕生

始まりは、声

「書物誕生」シリーズでは、第I部で「書物の旅路」を扱う。本書に即して言えば、『オデュッセイア』が歴史の大海原に残した航跡をたどるのが第I部である。だが船出のとき、それは「書物」ではなかった。「書物ではなかった」とはどういうことなのか。

書物には文字が並んでいる。『オデュッセイア』が元々「書物」ではなかったとは、最初は文字で書かれた作品ではなかったということである。では、書物以前にこの叙事詩が存在しなかったかというと、そうではない。

書物以前の詩という『オデュッセイア』の本来の姿が理解しにくいのは、一人静かに詩を読むというイメージにある。芸術的・文学的価値はこのさい不問に付し、物理的側面だけに着目すると、現代の詩歌はたいてい活字化されている。詩歌では、小説や劇よりも音の響きがはるかに重要である。ところが、日本の現代詩で韻律があまり重視されない傾向もあって、詩でさえ通常、黙読ですまされる。ホメロス叙事詩も、今は翻訳であれ、原典であれ、文字テクストを目で追うだけだが、元来は、多くの人々が集う場で歌われる口誦詩、しかも口演のたびごとに即興的に組み立てられる口誦詩であった。そこには文字は介在しない。人々はただひたすら耳で聴いた。

ホメロス叙事詩の原初的形態は、読みものではなく聴くものであった。その意味では、文字を媒介とする現代の詩よりも、音楽に近い。叙事詩は古代ギリシアでἔπος(epos エポス)と呼ばれた。エポスは「言葉」を意味し、英語のepic(叙事詩)の語源である。言葉はなによりもまず、音である。古代ギリシアの詩は音声から、いやむしろ音声のみから生まれたのである。

詩は今は「文学」の範疇に分類されるが、古代ギリシアには「文学」に相当する語はなかった。当然、その概念もなかった。そもそも「文学」は、文字の存在を暗黙の前提としている。日本語の「文学」は、「哲学」や「科学」、「芸術」などと同じく、文明開化とともに大量に流入した西洋起源の術語で、幕末から明治初期の啓蒙思想家の西周《にしあまね》が考案した造語である。この新しい語の元になった英語のliterature、ドイツ語のLiteratur、フランス語のlittératureは、究極的には、ラテン語のlittera(文字)とその複数形のlitterae(書かれたもの、文学作品)に由来する。つまり「文学」は、文字の存在によって初めて成立するのである。それに対して、詩歌全般を指すギリシア語は「ムーサ(詩歌の女神)の技」の意のμουσική(musice ムーシケー)である。英語のmusic、ドイツ語のMusik、フランス語のmusique

はいずれもその派生語である。

音楽との類比

ホメロス叙事詩は元来、ἀοιδός(aoidos アオイドス)と呼ばれる詩人によって歌われた。松平千秋訳では「楽人」と訳されている。アオイドスは「歌う」という意味の動詞 ἀείδω(aeido アエイドー)から派生した名詞で、「歌い手」を意味する。その姿は、『オデュッセイア』にも生き生きと描かれている。イタカでギリシア軍の帰国談を歌うペミオス(1. 325-327)と、パイエケス人の王宮で三度歌うデモドコスである。彼は英雄たちの武勲(8. 72-82)、軍神アレスと美の女神アプロディテの密通(8. 266-366)、トロイアを陥れた木馬の詭計(8. 499-520)を歌う。

アオイドスへの詩人のまなざしはあたたかい。デモドコスには最大の讃辞が送られ(8. 487-491)、イタカのペミオスは求婚者殺害後に赦された(22. 372-377)。慈しみ深く描かれた二人のアオイドスの姿は、『オデュッセイア』の詩人の自画像のような印象すら与える。

現代のアーティストもしばしば暗譜で演奏する。ペミオスとデモドコスの前には、現代の音楽家が暗譜で演奏するときのように、譜面も書物もない。アオイドスがポルミンクスという竪琴を奏でながら歌うさまは、おそらく現代の即興の弾き語りのようなものではなかっただろうか。この点では、古代叙事詩の朗誦と現代の音楽にはアナロジーが成立する。音楽の語源は「ムーサの技」なのだから、両者が似るのも当然だ。

しかし、決定的に異なる点もある。今日の音楽家は暗譜で演奏する場合でも、本番までに丹念に譜面を読んでいる。つまり舞台裏には、芸術表現を陰で支える楽譜という印刷物が存在する。だが、叙事詩の歌い手には、あらかじめ読んで暗記すべき譜面も文字テクストもなかった。

もう一つの相違点は、演奏時間である。コンサートは通常二―三時間程度、いくら長くてもせいぜい四時間くらいであろう。しかし、『イリアス』や『オデュッセイア』を最初から最後まで歌うとしたら、いったい何時間かかるだろう。

二〇世紀前半のユーゴスラヴィアには、グスラという弦楽器の伴奏で歌う口誦詩人たちがいた。グスラルと呼ばれる口誦詩人たちは、ホメロスの詩と共通点の多い英雄叙事詩を詠唱した。後述するアメリカのミルマン・パリー(一九〇二―三五)という研究者と弟子のアルバート・B・ロードが一九二〇年代に記録した実演によると、グスラルたちは一〇音節の詩行を一分間に一〇―二〇行歌った。ホメロスの詩行は、少なくとも一二音節以上、多くても一七音節未満である。詩形が異なるため、グスラルの口演速度をホメロス叙事詩に単純に当てはめるわけにはいかないが、ある試算によると、一万五六九三行の『イリアス』は、休憩なしで歌い続けても二六―二七時間かかるという。一万二一〇九行の『オデュッセイア』でも、二〇時間は必要になる。したがって全篇を一挙に歌うのではなく、ある程度の内容のまとまりごとに歌ったと推測される。

現代人は読み書きを当然視しているので、アオイドスがカンニングペーパーのようなものも見ずに、何時間も即興的に創作しながら詩歌を口演したと聞くと、そんな離れ業が本当に可能だろうかと思う。

しかし前九—八世紀以前のギリシアは、書字の知識の希薄な社会、あるいは少なくとも読み書きが重要ではない社会だった。文字を知らない文化、つまり言語が音声のみで機能した文化を、ウォルター・J・オングは「声の文化」と呼んだ。彼によると、声の文化での思考や表現は、文字文化でのそれとはまったく異質だという。現代人の目に神業のように映るアオイドスの口演は、識字と無関係な声の文化のなかでこそ可能だったのである。揺籃期のホメロス叙事詩は、文字テクストの丸暗記やその逐語的な再生とは無縁な口誦詩であった。アオイドスは歌うたびごとに、詩句の追加や省略、順序の入れ替えなどのアレンジを施しながら言葉を紡ぎ、新しい歌を織りなしたのである。

現代の音楽との類比に戻ると、口誦詩の口演は今日のジャズのライブのように、一回限りの時と場で行われた。共有される場と時の意義は、今も昔も変わらない。『オデュッセイア』第八歌で楽人デモドコスの歌に惜しみない拍手が送られ、オデュッセウスが彼にさらにもう一曲所望したように、口誦詩の即興的創作と口演では、聴衆との双方向的な交流が大きな役割を果たしたであろう。「聴く者に一番耳新しく響く歌こそ、最も世の喝采を博する」というテレマコスの言葉(1. 351-352)も、口誦詩がアオイドスと聴き手の相互作用のなかで発展したことを暗示する。聴き手の反応は、歌の芸術的洗練や新たな創造の原動力になったに違いない。

ホメロスとは誰か?

『イリアス』と『オデュッセイア』は盲目の詩人ホメロスによって前八世紀頃に作られたと、一般に説明される。本書も便宜上、ホメロス叙事詩という言い方を採用しているが、作者が本当にホメロス一人だったかどうかは、実際のところわからない。そもそも、ホメロスという詩人が実在したのだろうか。もしそうなら、いつ、どこで生まれ、どんな経歴をたどったのか。

これらの問いは「ホメロス問題」と呼ばれている。これについては第I部第四章でとりあげるとして、「作者」という語の定義そのものを問う必要がある。というのも、作者という言葉には現代では、限定された時を生きた特定の個人という暗黙の前提があるからだ。しかしこのイメージは歴史時代に入ってから、あるいは少なくとも「個」の意識の誕生後に形成された。ホメロス叙事詩は歌い手と聴き手が相互に響きあう「声の文化」のなかで長い歳月をかけて醸成されたのであるから、同じ定義が当てはまるわけではない。天才詩人ホメロスの実在は、研究がいくら進んでも証明できないかもしれない。ただ、これほど均整のとれた構成と深い内容を具え、しかも長大な詩だということを考えると、全体をデザインし、統括した一人の作者を想定したくなるのももっともではある。

「人質」という意味の普通名詞の ὅμηρος(homeros ホメーロス)は、前六五〇年頃に初めて固有名詞として文献に現れた。前五世紀の歴史家ヘロドトス(前四八四頃―四二五頃)によると、ホメロスは彼の四百年ほど前の詩人だという(『歴史』2. 53)。すると、ホメロスは前九世紀の人ということになるが、この証言の信憑性をめぐってはさまざまな議論がある。

後述する『ホメロス風讃歌』の一篇の「アポロン讃歌」には、「その人は盲目。険しいキオスに居を構え、作る歌はどれも後の世まで残る最上のもの」(逸身喜一郎訳)という一節がある(172-173)。名指しされていないが、明らかにホメロスへの言及である。「アポロン讃歌」は前五二二年にデロス島で成立したと推測されるが、目の不自由なホメロスという伝説は、これ以前から流布していた。おそらく、『オデュッセイア』第八歌の楽人デモドコスからの類推であろう。神が人から視力を奪い、代わりに長寿や特殊な才能を授けるというモチーフは神話に多いが、このような古代的思考法もイメージ形成に寄与したであろう。

詩人の出身地に関しては、古代からさまざまな言い伝えがある。スミュルナやコロポン、キオスなど、いくつかの都市がホメロスの出身地だと名乗りをあげた。いずれも決め手を欠くが、その多くがイオニア地方(現在のトルコの西海岸地域)に属する。両詩の言語がイオニア方言を基本とする特殊な詩的言語であることは、現代の言語学的な精査によって立証されている。出身地の伝承は、イオニア地方で両詩が成立したという説を補強する間接的証拠にもなっている。

叙事詩の環

古代には、叙事詩形式のあらゆる詩歌が詩聖ホメロスの創作と見なされた。たとえば、「叙事詩の環《わ》(ἐπικὸς κύκλος, epicos cyclos)」に属する数篇がその好例である。「叙事詩の環」は、広義には、オイディプス伝説に代表される古都テバイの王家の物語や、英雄ヘラクレスの功業などの多様なテーマを含む叙事詩の総称だが、狭義には、もっぱらトロイア戦争をめぐる叙事詩群を指す。本書でも狭義の「叙事詩の環」に言及することがあるので、それらの題名と概略を次に記す。

『キュプリア』……………トロイア戦争の発端から一〇年目まで
『アイティオピス』…………ヘクトルの葬礼後の戦闘からアキレウスの葬儀と遺品をめぐる争いまで
『小イリアス』……………アキレウスの遺品争いの結末から木馬の製作まで
『イリオスの陥落』…………トロイアへの木馬の入城から陥落まで
『帰国物語《ノストイ》』……………ギリシア軍の勇将たちの帰国
『テレゴニア』……………オデュッセウスに殺害された求婚者たちの埋葬から彼自身の死まで

各詩篇のアウトラインが判明しているのは、コンスタンティノポリス(現在のイスタンブール)の総大主教ポティオス(八一五頃―八九一)による抜粋が残っているからである。抜粋の種本は、二世紀あるいは四―五世紀の文献学者プロクロスの『クレストマテイア・グランマティケ(文学便覧)』というハンドブックであった。

『キュプリア』の次に『イリアス』を置き、『テレゴニア』の前に『オデュッセイア』を置くと、トロイア戦争をめぐるさまざまな伝説の全貌が時系列順に浮かび上がる。ヘレニズム時代に文献研究が発達するまでは、これら六篇もすべてホメロス作と見なされていたが、現在では、それぞれ時代の異なる別々の詩人たちの作品だと考えられている。

『ホメロス風讃歌』も、古代にはホメロス作と考えられていた。神々を称えるこの讃歌集がこう呼ばれるのは、ホメロス叙事詩と同じ韻律で作られたからである。長さも成立年代もまちまちな三三篇が現在残り、先に述べた「アポロン讃歌」もその一つである。さらに、『マルギテス』という諷刺的な詩や『蛙と鼠の戦争』というパロディ詩など、他の多くの詩もホメロスの作品と見なされていた。

しかしながら前三世紀には、ホメロスの名を『イリアス』と『オデュッセイア』に限定する見解が主流になり、それ以降には、これらの詩篇の作者が同一かどうかが論争の的になった。プラトン(前四二九/四二七頃―三四七)やアリストテレスは作者を同一と見なしたが、両詩篇の創作を別人に帰す人々も少数だがいた。

両詩篇の成立順

作者のみならず、両詩篇の成立順に関してもさまざまな説があった。古代から優勢だったのは、『オデュッセイア』は『イリアス』より後に成立したという見方である。この説を代表するのは、『崇高について』という詩論である。その著者は三世紀の哲学者・弁論家ロンギノスと考えられていたが、一世紀前半の作者不詳の作品であることが一九世紀に判明した。同書(9. 3)によると、劇的で宏壮な『イリアス』はホメロスの全盛期の作品であり、『オデュッセイア』は偉大な才能にも翳《かげ》りがにじみ出た「沈みゆく太陽」のような晩年の作であるという。

両叙事詩の成立の前後関係は、近代以降の古典学によって裏づけられている。すなわち、両詩篇の形式、内容、言語構造、文体、作中人物の行動や意図などの綿密な分析の結果、『イリアス』の少し後に『オデュッセイア』が成立したとするのが、現在の定説である。成立時期の推定範囲は、おおむね前七五〇年頃から前六五〇年頃までの間に収まる。年代をもう少し具体的に絞り込み、『イリアス』は前七五〇年から前七二五年の間に、『オデュッセイア』は前七四三年から前七一三年の間に成立したという説もある。

こうした研究成果を踏まえて近年注目されているのは、『イリアス』の作者とは別の人物が、この記念碑的な叙事詩を意識しながら『オデュッセイア』を創作したという見解である。両詩篇を比較すると、語彙・語法・韻律・定型句などの言語面では、大きな差異は認められない。しかし内容には、明らかに相互補完的な関係がある。すなわち『オデュッセイア』は、同一エピソードの反復を故意に避けるかのように、『イリアス』で詳述されたことを繰り返しては語らない。倫理的・審美的・知的・精神的な観点でも両詩には隔たりがあり、同一詩人の創作と想定しにくいところが多々ある。

別人説につく人々は、『イリアス』の詩人をホメロスと呼び、『オデュッセイア』の作者を「『オデュッセイア』の詩人」と呼ぶ。筆者も別人の手になるという立場に与《くみ》する。「『オデュッセイア』の詩人」はホメロスをライバル視して新しい歌を作ったという主張もある。しかし、両詩の作者(たち)について確言できることはほとんどないので、「『オデュッセイア』の詩人」の胸中は忖度《そんたく》できない。

アルゴ伝説

原初の叙事詩が声だけでできたとすれば、記録されずに消えた詩もひょっとするとあったかもしれない。口承だけで広範に浸透したが、文字化されなかった(あるいは、文字化されたが写本が全滅した)幻の伝説の好例が、アルゴ伝説である。「その名天下に轟くアルゴ船」(12. 70)は、アルゴに関する『オデュッセイア』唯一の言及である。このきわめて簡潔な表現は、アルゴ船の冒険譚が『オデュッセイア』成立以前に人口に膾炙《かいしゃ》したことを示唆する。アルゴは人類最初の巨大船で、鳥も通り抜けられない険しい岩礁を通過した唯一無二の船だという。イアソンという英雄が奪われた王位を奪回するために、黒海東端のコルキスから金毛の羊皮を持ち帰るよう命じられて、ギリシア中から同行者を募り、この船で海を渡ったのである。

前三世紀前半に、ロドスのアポロニオス(前三〇〇頃—二一五頃)がアルゴ伝説に基づいて『アルゴナウティカ』という叙事詩を作った。しかしこれは純粋な口誦詩ではなく、文字文化が十分に浸透したヘレニズム時代の作品である。さまざまな分析が明らかにしてきたように、学者で詩人でもあったアポロニオスは『オデュッセイア』を熟読し、それをモデルに、文字を用いて創作したのである。

『オデュッセイア』にはこの伝説を取り込んだ痕跡が認められ、主人公の流浪の旅の道筋はこの巨大船の航路と重なる。イギリスの古典学者マーティン・L・ウェストの分析によると、次のような連続的なエピソードがアルゴ伝説から借用された。すなわち、第一〇歌のライストリュゴネス族とキルケ、第一一歌の冥界下降への道筋の一部、第一二歌のセイレン、「さまよう岩」、太陽神の島である。ただし、アルゴは東に向かったが、オデュッセウスの彷徨は原則的に西に向かう。

オーバーラップする一連の行程は、ライストリュゴネス族の島への漂着(10. 80)から始まる。他の船が破壊されて主人公の船だけが残るのが、この地点である。そして、残った一艘の船のうち、主人公以外の乗組員がすべて落命するのが太陽神の島である。つまり、アルゴ伝説由来のルートの起点と終点は、主人公の孤立の過程を示す標識である。そして起点直前の「凄まじい疾風」(10. 48, 54)と終点直後の嵐(12. 403-417)は、アルゴ伝説に由来する航路と由来しない航路を区切る分岐点の役割を果たしている。さらに、女神キルケが「さまよう岩」を示した(12. 55-72)にもかかわらず、オデュッセウスが別の進路を選ぶのは、ウェストの解釈では、アルゴ伝説からの訣別という『オデュッセイア』の詩人の意図を反映している。

原初のアルゴ伝説を伝える文字テクストはない。この伝説は、『オデュッセイア』でのわずかな言及や陶器画などによってかろうじて後世まで伝わった。それらがなければ、完全に忘れられたかもしれない。声だけで伝わる口誦詩は、文字化という関門を突破しなければ、消滅の運命をたどる。文字テクストへの移行は、歴史を生き延びるかどうかの決定的なキャスティングボードとなる。

文字化へ

文字がなければ、文字化は当然不可能である。ホメロスが歌う世界は、ミュケナイ時代(前一六〇〇頃―一二〇〇年頃)である。前一四五〇―一三七五年頃には線文字Aと線文字Bが存在したが、これらはギリシア文字とは種類が異なる。考古学者のアーサー・エヴァンズが一九〇〇年にクレタ島のクノッソス宮殿遺跡で発見した粘土板に記されている。線文字Aは未解読だが、線文字Bは、一九五二年にジョン・チャドウィックとマイケル・ヴェントリスが解読し、ギリシア語を書き表す文字であることが判明した。しかし、叙事詩を記した線文字Bの粘土板は見つかっていない。

一方、ギリシア文字はセム系のフェニキア文字を借用した。フェニキア文字は子音と半母音から成り、母音を明示しない。ギリシア人はおそらく前九—八世紀頃に、母音を表す文字を導入することによって新しい文字体系を発明した。ギリシア語アルファベットが確立された時期は、ホメロス叙事詩が成立したと推定される時期とほぼ重なりあう。つまりホメロス叙事詩は、音声主体の口誦詩の長い伝統の最後の産物であるとともに、文字使用の黎明期に書かれた最初の口誦詩なのである。

もっぱら口頭で制作・朗誦・伝承された詩歌は、先に述べたように、基本的に一回性を帯びている。したがって、細部までまったく同じ口演はない。揺籃期の叙事詩はつねに変化にさらされ、流動性が高かった。逆に、文字化されると固定的で、比較的安定するのである。

不安定な口誦形態から安定的な文字テクストへの移行には、膨大な時間を要した。それはおよそ四百年余りと見積もられている。二大叙事詩の核となるトロイア戦争は、史実かどうか確証はないが、前一二世紀前半に起きたと古代から言い伝えられたからである。口誦詩誕生から文字記録開始までの大きな溝が一足飛びに越えられたとは、とうてい考えられない。過去の戦争をめぐる歌が生まれ、結合や再編成を繰り返しながら、ある程度の長さとまとまりのある口誦詩になったのかもしれない。その間、たえず彫琢が繰り返され、熟成を重ねたのであろうか。

口承段階が長かったのと同様に、文字化も一挙に進展したのではないだろう。アメリカの古典学者グレゴリー・ナジーは、ホメロス叙事詩は次の五つの段階を経て発展したと推測する。

【第一期】前二〇〇〇年頃から前八〇〇年頃までの、文字テクストのない非常に流動的な時期。

【第二期】前八〇〇年頃から前六世紀中葉までの形成期、あるいはギリシア全体に広まった時期。文字テクストはまだない。

【第三期】前六世紀中葉から前四世紀後半までの決定的な時期で、アテナイが中心。口演記録とされる音写(transcript)のテクストが現れた可能性がある。アテナイで口演の伝統に改革が行われた。

【第四期】前四世紀後半から前二世紀中葉までの規格化の時期。音写のテクスト、あるいは口演にあらかじめ必要な台本(script)のテクストを伴う時期。この時期の初めにやはりアテナイで口演の伝統に改革が行われた。

【第五期】前二世紀中葉以降の非常に固定的な時期。口演を前提としない聖典(scripture)としてのテクストの時期。

叙事詩テクストの文字化に関する証言は、次に見るようにあまり多くない。証言の数が少ないだけではなく、内容も明瞭ではない。それだけに、右にあげたナジーの段階的発展説は仮説ではあるが、テクストの文字化の過程を考えるうえで示唆に富む。

文字テクストがもたらした変化

ホメロス叙事詩の文字化に関しては、前一世紀ローマの政治家・弁論家・哲学者のキケロの証言が残されている。キケロは前六世紀アテナイの僭主ペイシストラトスについて、その学識と文学的素養に裏付けられた雄弁は余人を凌ぐと高く評価し、「彼は、それ以前は混乱していたホメーロスのテクストを現在われわれがもっているテクストの形に編纂した最初の人である」(『弁論家について』3. 137 大西英文訳)と述べた。ペイシストラトスは経済再建や文化事業に取り組み、アテナイの守護女神アテナのために、パナテナイア祭という四年に一度の大祭礼を創設した。「テクストの形に編纂した」というキケロの言が具体的に何を意味するかは不明である。

プラトンによると、ペイシストラトスの息子ヒッパルコスがこの大祭典でホメロス叙事詩の吟唱リレー競技を始め、前の人が歌い終わった個所から次の人が歌い始めたという(『ヒッパルコス』228B-C)。この方式の創始を七賢人の一人のソロンに帰す証言もある(ディオゲネス・ラエルティオス『ギリシア哲学者列伝』1. 57)。いずれにせよ、叙事詩の吟唱競技のためにホメロスのテクストが整備されたものと思われるが、編纂の実態は詳らかではない。ペイシストラトスの編纂は、先のナジーの五段階区分の第三期の改革に相当する。これを機に、素朴な音写のテクストが出現した可能性は高い。とはいえ、そこではテクストよりもむしろ口演の正確さが重視されたようだ。

表記法がいかに初歩的なものだったにせよ、文字テクストの出現は画期的な変化をもたらした。口誦詩はそれまではアオイドス(楽人)が歌っていたが、前六世紀の最後の三〇年あたりから、ラプソドスと呼ばれる吟唱詩人が活躍し始めたからである。アオイドスからラプソドスへの交替は、歌い手の名称のたんなる変更ではない。叙事詩の根本的な変貌であった。というのは、アオイドスが文字テクスト(台本)なしに、口演のつど自在に創作しながら歌ったのに対して、ラプソドスは台本の正確な暗誦に力を注いだからである。つまり、ラプソドスの出現以降、細部のマイナーチェンジはありえても、詩歌の枠組みやプロット、物語展開などの大幅な改変はほとんどなくなったのだ。即興的創作や聴衆との相互作用を含む本来の純然たる口誦詩は、絶滅種に転じたのである。

両者の相違は文字テクストの有無にとどまらない。聴衆や口演の場、伴奏楽器も変化した。貴族の館で催される宴という閉鎖的な場でアオイドスは歌ったが、ラプソドスは民衆に開かれた空間で朗誦した。プラトンの対話篇に登場するラプソドスのイオンのように、各地を遍歴しながら、あるいは祭典行事の一環として神に奉納する吟唱競技に出場して、大勢の聴衆の前でもっぱらホメロス叙事詩だけを歌った(『イオン』530A-B)。口演のスタイルも変わった。アオイドスは竪琴の伴奏で弾唱したが、ラプソドスは月桂樹の杖を手に吟唱した。杖はギリシア語でῥάβδος(rhabdos ラブドス)というので、ラプソドスの語源をこれに求める説もあるが、「歌を縫い合わせる」という意味の ῥαψῳδέω(rhapsodeo ラプソーデオー)に由来を求める説のほうが支持が高い。

ラプソドスに関する最古の証言は、ヘロドトスの『歴史』(5. 67)である。それによると、前六〇〇頃—五七〇年頃のシキュオン(ペロポンネソス半島北東部の都市《ポリス》)の僭主クレイステネスはラプソドスの競技を禁止したという。近隣の敵対する都市アルゴスとその住民がホメロス叙事詩でつねに称揚されているという理由からであった。ラプソドスは、抒情詩人ピンダロス(前五二二頃―四四二頃)の『ネメア祝勝歌集』(2. 1-3)では、「ホメリダイ」と同一視されている。ホメリダイは「ホメロスの子孫」の意の一種の職能団体で、前六―四世紀頃にキオス島を拠点に活動した。

カノン(規範的書物)として

ラプソドスないしはホメリダイが各地を遍歴しながら吟唱した時期は、ホメロス詩篇がギリシア全体の古典として受容されるようになった時期でもある。ヘロドトス(『歴史』2. 117)は『イリアス』と『キュプリア』の話形の食い違いに言及しているが、このことは、神話の多様な話形が当時、並存したことを告げるとともに、ホメロスの優位と権威も暗示している。右で述べた僭主クレイステネスのエピソードも、政治的衝突に影響を及ぼすほど、その威信が高かったことを示唆する。

二大叙事詩がカノン(規範的書物)となるのに大きな役割を果たしたのは、テクストの整備と、それに基づく教育の普及である。古典期のアテナイの人々は、ホメロス詩篇を幼少時から何度も耳にし、長じては繰り返し暗誦した。諸方言が混在し、意味不明の古語も多いホメロスの言語は日常の話し言葉とかけ離れていたが、それにもかかわらず、読み書き学習の最初の教材として導入された。ソクラテス以前の哲学者クセノパネス(前五七〇頃―四七五頃)の言葉として、「そもそもの最初からすべての人はホメロスにしたがって学んだからには……」という断片が残っている(『ソクラテス以前哲学者断片集』「クセノパネス」B10　藤沢令夫・内山勝利訳)。不完全な断片なので、学習内容とその結果は明瞭ではないが、ホメロスの受容と影響力を示す最も古い証言である。『イリアス』と『オデュッセイア』は、教育をとおして権威あるカノンとなり、ギリシア人の精神形成に大きな影響を及ぼしたのである。

その権威の大きさを語る証拠や証言は少なくない。たとえば、「ホメロスの神格化」と呼ばれるレリーフ(前一三〇頃　図4)は、古典期以降のホメロスの権威を視覚化した代表作で、プリエネのアルケラオスの手になるという。

このレリーフで、最下段左端の玉座に坐っているのがホメロスである。右手に巻物状の物を持ち、左手に王杖を持つ姿には威厳がある。彼に冠を授けているのは、その背後に立つ「時」と「オイクメネ(人の住む世界)」の擬人像である。彼の前にある円筒形の祭壇には火が点され、神格化の儀式が執り行われている。祭壇の右側で詩人の受冠を歓迎しているのは、「歴史」、「詩歌」、「悲劇と喜劇」、「智恵」の擬人像である。

玉座の下の両側面でひざまずく二人の女性のうち、櫂を持つ手前の女性は『オデュッセイア』を表す。やや見にくいが、反対側で少し頭をのぞかせ、王杖の最下部から腕も露わに高々と剣を掲げているのは、『イリアス』を表す女性である。最上段に坐す神々の父ゼウスと、最下段のホメロスのパラレルなポーズが、詩人の神格化を強調する。ついでながら、中央の二つの段に描かれているのは、九柱のムーサたちとその母ムネモシュネ(記憶の女神)、音楽の神アポロン、そして詩人である。

ホメロス叙事詩のカノンとしての地位の高さは、後世の写本の数にも反映されている。紙(paper)

図 4——アルケラオス作「ホメロスの神格化」の全体(左)とその拡大部分(下)．前 130 年頃，プリエネ出土レリーフ，ロンドン，大英博物館．(Buxton, p. 32)

の語源はナイル川の三角州に自生するパピルス（papyrus）という植物だが、ローマ時代のエジプトにはギリシア語文献が普及していたため、現在でもそこに多くのパピルス写本が残っている。一九六三年までに刊行されたエジプト出土パピルスは、全部で一五九六部ある。そのうち群を抜いて多いのは、ホメロスの詩とその注釈を含む六七七部の写本である。以下、デモステネス八三部、エウリピデス七七部、ヘシオドス七二部、プラトン四二部、アリストテレス八部と続く。これらの数字は往時のギリシア世界全体の傾向を忠実に反映し、二大叙事詩の傑出した地位を雄弁に物語る。

悲劇のなかのオデュッセウス

二大叙事詩を巨樹になぞらえると、その根元からひこばえが芽吹き、枝葉を広げて別の大木になったのがギリシア悲劇だと言えよう。この新しいジャンルの誕生は、古典期におけるホメロス受容の一形態を示している。すなわち悲劇作品は、なによりもまず、ホメロス叙事詩が人々の間に浸透していたことを大前提としながらも、同時に、神話伝承のホメロス的形態からの意図的な逸脱に表現の活路を見いだしたのである。

アリストテレスは、『イリアス』と『オデュッセイア』に題材を求めるとわずかな悲劇作品しかできないが、『キュプリア』や『小イリアス』からなら多くの悲劇が作られると指摘した(『詩学』1459b2-8)。この指摘は、ホメロスへの依存と脱却という反対向きのベクトルの上に成立する悲劇ジャンルの核心を突いている。観客の熟知という前提に基づく劇的幻想のなかで、既知の前提とは違った物語展開と人物像の提示によって観客の予想をみごとに裏切る、そこにギリシア悲劇の醍醐味があった。

したがって、悲劇におけるオデュッセウス像は、叙事詩のそれとは異なる。彼は、『イリアス』では勇気と英知を兼備する雄弁な武将、『オデュッセイア』では知恵と忍耐力を持つ不屈の英雄である。しかし悲劇作品では総じて、裏切りや欺瞞をはたらき、権謀術数に長《た》けた狡猾な人物とされた。

オデュッセウスは、ソポクレス(前四九六頃—四〇六頃)の『ピロクテテス』(五四行以下)では、勝利のために平然と虚言を吐く厚顔無恥な策謀家である。エウリピデス(前四八五頃—四〇六頃)の『ヘカベ』(二二八行以下)では、統治者の論理を代弁する冷酷な煽動家であり、『トロアデス』(七二一行以下)では、いたいけな幼子を城壁から投げ落とすよう命じる無慈悲な首謀者である。また、『アウリスのイピゲネイア』(五二六行以下)では、無節操で卑劣な野心家と呼ばれる。目的のためには手段を選ばない冷酷非情な政治的策士という、悲劇作品でのオデュッセウスは、叙事詩における人物像を基に、そのネガティブな面を極度に強調したものである。

ただし、ソポクレスの『アイアス』のように、彼の人間らしい一面を加味した作品もある。この作品中のオデュッセウスは、戦友アイアスの非業の死に臨んで過去の確執や敵意を捨て、その武勲に敬意を払う。同時に、死は人間の避けられない定めであると深く自覚し、遺骸の埋葬を禁じる総大将アガメムノンに逆らって、アイアスの手厚い葬礼を断固として主張するのである(一三三二行以下)。

プラトン、そして詩と真実

確固たる権威は追随者を生むのがつねである。「この詩人に従って自分の全生活をととのえて生きなければならない」(『国家』10. 606E　藤沢令夫訳)と考えるホメロス崇拝者たちが、プラトンのまわりにはいたのであろう。批判的思考とは無縁なホメロス追随者たちを苦々しい思いで眺めたであろうこの哲学者は、最も詩人らしい詩人としてホメロスを認める反面、「詩の作品としては、神々への頌歌《しょうか》とすぐれた人々への讃歌だけしか、国のなかへ受け入れてはならない」(同10. 607A)と主張した。そして、もし詩歌を受け入れれば、「法と、つねに最善であると公に認められた道理とに代って、快楽と苦痛が王として君臨することになるだろう」(同)と危惧し、彼が構想する「理想国」から詩歌を排斥した。

「詩人追放論」として知られるこの主張には、イデア論が深く関与している。この世界で人間が知覚できる事象はイデアの不完全な模倣であり、詩歌はそれをさらに模倣したものであるから、「真実から三番目に離れているもの」と見なされた。プラトンの批判は、叙事詩が真実でないものをあたかも真実であるかのように錯覚させるという点にあった。

真実と真実ならざるものの峻別が、この批判の根拠である。この区分は、じつはプラトン以前から意識されていた。その萌芽は、ホメロスの少し後の教訓叙事詩人ヘシオドスに認められる。『神統記』(27-28)によると、ヘシオドスが羊の世話をしていたとき、ムーサたちが現れ、自分たちは多くの「真実に似た虚偽《いつわり》」を話すこともできるが、「その気になれば真実を宣《の》べることもできる」(廣川洋一訳)と語って、彼に詩的霊感を吹き込むとともに月桂樹の杖を授けたという。

先述のピンダロス――プラトンの九〇年ほど前の詩人――も神話について、「巧妙な嘘の数々に飾られ、真実の話を越えた作り話となって、われらを欺く」(『オリュンピア祝勝歌集』1. 28b-29　内田次信訳)と、人を錯覚や過誤に導く詩の魔力を『オデュッセイア』と関連づけて指摘した。すなわち、ホメロスはオデュッセウスの体験を甘美な言葉で誇張し、虚偽と企みを荘重なものに祭り上げたと非難したのである(ピンダロス『ネメア祝勝歌集』7. 20-24)。また、嘘つきで抜け目のないオデュッセウスは、「口先巧みな作り話に連き添い、策を謀《はか》り、人をそしって禍《わざわい》をなす欺瞞」の元祖であり、『オデュッセイア』は「しがない男の腐った誉れを持ち上げる」詩歌だと、酷評した(同 8. 33-34)。

だからといって、ピンダロスがホメロスや叙事詩を全面的にしりぞけたわけではない。たとえば、栄光に満ちた詩歌に歌われることによってのみ労苦は報われるという、叙事詩の効用に関する伝統的な観念も示した(『ネメア祝勝歌集』7. 14-16)。また、ホメロスが剛勇無比の英雄アイアスの武勇を称揚したおかげで、自死したアイアスの名誉は回復されたとして、叙事詩を高く評価した。すなわち、叙事詩についてのピンダロスの言葉を総合すると、二律背反的な観念の拮抗が浮かび上がる。叙事詩は真実のイメージを反映する記念碑であるとする肯定的な評価と、逆に、事実を歪曲する媒体として見る否定的な批判がピンダロスのなかには混在しているのである。

非難と寓意的解釈

権威が高まり、影響力が増すと、非難の声も出るのがつねである。ホメロスとて例外ではない。批判は前六世紀から始まった。先にも言及したクセノパネスは、「ホメロスとヘシオドスは人の世で破《は》廉恥《れんち》とされ／非難の的とされるあらんかぎりのことを神々に行わせた――／盗むこと、姦通すること、互いにだまし合うこと」(前掲「クセノパネス」B11)と、叙事詩に描かれた神々の不道徳性を痛烈に批判した。また、「しかしもし牛や馬やライオンが手を持っていたとしたら／あるいは手によって絵をかき、人間たちと同じような作品をつくりえたとしたら、／馬たちは馬に似た神々の姿を牛たちは牛に似た神々の姿を描き、／それぞれ自分たちの持つ姿と同じような／からだをつくることだろう」（同　B15）と、神の擬人的描出を鋭く突いた。彼が叙事詩を真実の物語と見なしたか、それともただの虚構と認識したかは定かではない。しかし当時、二大叙事詩に絶大な権威と影響力があったからこそ、彼のホメロス非難にも意味があったのだ。

哲学者ヘラクレイトス（前五四〇頃—四八〇頃）も、「ホメロスは（中略）競演の場から鞭打たれて追い払われるべき者だ」（『ソクラテス以前哲学者断片集』「ヘラクレイトス」B42　内山勝利訳）と攻撃した。「競演の場」は、ホメロス叙事詩が祭礼競技の一環としてラプソドスによって民衆の前で歌われ、人々に大きな影響を及ぼしたことを示唆する。ヘラクレイトスは別の断片（B56）でも、ホメロスはギリシアで最もすぐれた知者だが、子供にさえ欺かれる愚者だとからかった。

揶揄の言葉は他にもある。「ピタゴラスの定理」で知られるピュタゴラス（前五八二頃—四九七頃）は、魂の不死と輪廻転生を説いた哲学者である。ピュタゴラスは、自分が冥界に下ったときに目撃したこととして、神々について冒瀆的な言辞を吐いた罰としてホメロスの魂が木に吊るされていたと、述べた（ディオゲネス・ラエルティオス『哲学者列伝』8．21）。

叙事詩へのこれらの批判、とくに道徳的非難からホメロス叙事詩を擁護するために生まれたのが、後にストア学派やネオプラトニズムに大きな影響を及ぼした寓意的解釈である。英語の allegory（寓意）は、ギリシア語の ἄλλα（alla アッラ）「他のこと」と、λέγω（lego レゴー）「言う」に由来する。このことからもわかるように、寓意的解釈は、表層の字義的意味と深層の象徴的意味を別のものと見なした。たとえば、寓意的解釈の創始者とされるレギオンのテアゲネス(前五二五頃盛期)は、神々を自然の諸力とする見解を『ホメロス論』で展開した。彼によると、神の名は文字どおりにその神を指すのではなく、その下に別の意味が隠されている。たとえば、アポロンは「火」でポセイドンは「水」であるから、両者は対立し、「思慮」を表すアテナは「無思慮」を表すアレスと対立する。同様にヘラは空気、アルテミスは月、アプロディテは欲望、ヘルメスは理性と、彼は解釈した(『ソクラテス以前哲学者断片集』「テアゲネス」2)。

一口に寓意的解釈といっても、表層の下にどんな深層を読み取るかは千差万別である。たとえば、右のテアゲネスと似ていながらも違った内容を主張したのは、ランプサコスのメトロドロス(前四六四頃没)である。彼によると神々は、「自然の根本原理」ないしは「基本要素の秩序形態」(同「メトロドロス」3 山田道夫訳)である。具体的には、穀物女神デメテルは「肝臓」、葡萄酒の神ディオニュソスは「脾臓」、アポロンは「胆嚢」と解された。叙事詩の登場人物も物語の組み立てのために導入されただけで、じつはアガメムノンはアイテール(大気の上層)、アキレウスは太陽、ヘレネは地、ヘクトルは月(同4)、ゼウスは知性、アテナは技術(同6)を表すという。

実際、『オデュッセイア』は寓意的解釈に適した作品である。後に述べるように道徳的教訓が豊かであるばかりでなく、航海の苦難の克服や敵対者との戦いは、人生そのものの比喩にも転じやすいからである。さらに、主人公が浮浪者に変身して偽りの身の上話をする、乞食の素姓が王であり、豚飼いが元々は誘拐された王子であるなど、外見と内実のギャップをあぶり出す要素も多い。表面の下に隠された意味の解読が寓意的解釈の真髄であるから、虚と実の差異の明瞭な『オデュッセイア』はうってつけの素材なのである。

解釈の一例をあげよう。ペネロペはいま織っている布が仕上がれば、求婚者の一人と再婚すると宣言したが、じつは彼らを欺くために昼間は織り、夜にはそれをほどいていた。小アジアのクラゾメナイ出身の哲学者アナクサゴラス(前五〇〇頃—四二八頃)は、機織りを弁証法の法則の象徴と見なし、縦糸は前提、横糸は結論、ペネロペを照らす灯りは理性の光と解釈した(Sandys, I, p. 30.『オデュッセイア』第二歌一〇四行への古注)。

以上のように、ホメロス叙事詩はプラトンによって追放され、寓意的解釈者たちの恣意的な釈義にさらされた。この両者からの救済を試みたのが、アリストテレスである。「ホメーロスは、ほかの多くの点でも称賛に値するが、とくにたたえられるべき点は、詩人たちのうちで彼だけが、詩人みずからがなすべきことをよく心得ていることである」(『詩学』1460a5-6)、あるいは「高貴なことがらにかんして最大の作者」(同 1448b34)、と、ホメロスに惜しみない讃辞を捧げた。そしてアリストテレスはこの「神技の詩人」(同 1459a30-31)の叙事詩を、寓意的解釈以外の方法で擁護しようとした。その試みを記した『ホメロス問題』という論考もあったが、現在は断片でしか残っていない。

アリストテレスに関連して、アレクサンドロス大王の逸話が伝わっている。周知のように、この哲学者は晩年、若い王の師傅《しふ》としてマケドニアに招聘された。ローマ帝政期の著述家プルタルコス(四六頃―一二〇頃)によると、アレクサンドロスは師が作った『イリアス』校訂版に大いに感化され、つねに短剣とともに枕の下に置いておくほどに愛読した。この書物は大切な宝物として、美しい装飾を施した箱に入れられたため、「手箱《ナルテークス》のイリアス」と呼ばれた(『対比列伝』「アレクサンドロス」8)。大王は『イリアス』の主人公をこよなく敬愛し、この英雄に自身を重ねあわせていた。ギリシア平定後、アジア攻略に臨んで最初にトロイアを訪れ、尊崇するこの英雄の墓に花を手向けた。そして、生前の栄光を死後に伝える偉大な報告者ホメロスに恵まれたと、アキレウスの幸福を称えたという(同15)。

標準版の確立

ホメロス叙事詩の文字化は以上のように、両詩篇をカノン(規範的書物)に押し上げる推進力になった。だがその反面、批判的言論を生み出し、さらに、その批判に対する擁護論をも生んだ。文字化はじつに多様な成果をもたらしたのであるが、前述のナジーの仮説のように、文字化が段階的に進展したとすれば、文字の導入と同時にテクストが完全に固定されたのではなく、文字化段階でも流動的要素があったのではないかと推測される。したがって文字テクストの出現後も、多様な変種が流通していた可能性は高い。その証拠に、プラトンやアリストテレスの引用するホメロスの詩行は、しばしば現行テクストとの違いを示している。この不一致は、古代人が記憶に頼って引用しがちだったせいでもあるが、テクスト自体の流動性や不安定性もその一因であった。

前三二三年にアレクサンドロス大王が、その翌年にアリストテレスが没すると、時代はヘレニズムへと移る。『イリアス』と『オデュッセイア』は、「叙事詩の環」の作品群よりはるかにすぐれたものとして、一段と評価が高まり、叙事詩を創作するさいの模範となった。先述のロドスのアポロニオスが『オデュッセイア』をモデルに『アルゴナウティカ』を書いたのは、まさにこの時代である。

ホメロスを模範と仰ぐ伝統追随の風潮は、他方で反発をも生んだ。アポロニオスの同時代人でやはり学者詩人だったカリマコスは、アポロニオスとは逆に、ホメロス叙事詩を月並みな詩と指弾し、伝統からの離脱を試みた。カリマコスのこの意図的な革新の前提には、二大叙事詩の圧倒的な存在感があった。ホメロス評価のベクトルは賞讃・追随・模倣の方向にも、正反対の非難・拒絶・反発の方向にも大きく伸びたのである。

先述のナジーの区分(五四頁)では、ヘレニズム時代は第四期の規格化の段階に当たる。ホメロス叙事詩のテクストの起源は、これより前に遡ることができない。つまり現行テクストの揺籃の地は、この時代のギリシア化されたエジプトの都市アレクサンドレイアである。ここには、アリストテレスの孫弟子のパレロン(アテナイの外港)のデメトリオスの進言によって、「ムーサの神殿」の意のムーセイオンが建造された。そしてこの図書館・学術センターには、さまざまなギリシア語文献が集められた。とくに多くのホメロス叙事詩の写本が蒐集され、多種多様なテクストが綿密に照合・校訂された。

ムーセイオンでホメロス叙事詩の研究に熱意を傾け、テクストの規格化と標準的な校訂本の作成を担ったのは、おもに次の三人の文献学者である。まず、初代図書館長のゼノドトス(前三二五頃―二六〇頃)は、両叙事詩をそれぞれ二四歌ずつに分けた。次に、やはり図書館長のビュザンティオン(現在のイスタンブール）のアリストパネス（前二五七頃―一八〇頃、前五世紀の喜劇詩人とは別人）は句読点法を導入し、アクセント記号のシステムを開発した。先人たちの事業を発展的に継承したのが、アリスタルコス（前二一七頃―一四三頃）である。彼は厳密な原典批判の方法を確立し、標準校訂版の完成という、ムーセイオンでの長期にわたる文献学研究の集大成をなしとげた。

この校訂の前と後とでは、テクストに大きな違いがある。ムーセイオンでテクストが校訂される前のホメロス叙事詩のパピルス巻子本は、現行テクストと異なる部分が非常に多いため、wild papyrus（野放しのパピルス）と呼ばれる。ところが前一五〇年以降は、標準版から大幅に逸脱したテクストは姿を消し、画一的なテクストが急増する。この変貌ぶりは、アレクサンドレイアの学者たちが、校訂したテクストをスタンダード版として流布させた成果として説明される。中世の修道僧が書き写し、ルネサンスの人文主義者が読破を試み、近代ロマン主義者が耽読し、いま私たちの掌中にあるテクストはすべて、アレクサンドレイアに端を発するのである。

ローマにおけるホメロス

ローマの詩人ホラティウス（前六五―前八）は、「征服されたギリシアは野蛮なローマを征服した」という言葉を残した（『書簡詩集』2. 1. 156）。この名言のとおり、古代世界の覇者となったローマ人は、ギリシア文化の芸術的遺産を高く評価し、積極的に摂取した。彼らの言語はラテン語だったが、ギリシアの言語と文化を吸収し、その文芸を自家薬籠《じかやくろう》中のものにしたのである。とりわけ尊敬を集めたのはホメロス叙事詩であった。『オデュッセイア』のラテン語への翻訳は、ラテン文学史上でもかなり早い、共和制ローマの時代であった。すなわち、ローマでギリシア語とラテン語を教えていたギリシア人の劇作家リウィウス・アンドロニクス(前二八四頃―二〇四頃)が、前二五〇年頃にラテン語韻文に翻訳ないしは翻案した。ホラティウスも若い頃にそれを教科書として用いたという。

ラテン文学は、ホメロス叙事詩抜きには語れない。ローマの詩人たちは二大叙事詩を自在に操った。たとえば、公序良俗に反する詩を書いたとの廉《かど》でローマから追放されたオウィディウス(前四三―後一八／一七)は、流謫《るたく》の地でこう自己弁明した(『悲しみの歌』2. 371-376　木村健治訳)。

ほかならぬ『イリアス』でさえ、姦婦ヘレネ以外何があるというのか？
――この女をめぐって恋人と夫との間に戦いがあったのだ――
それは、ブリセイスに対する恋の炎と
少女が奪われて腹を立てた将軍の怒りで始まっているではないか？
あるいは、『オデュッセイア』は、一人の女が夫の留守中に
多くの求婚者に恋ゆえに求婚された物語以外の何であろう？

恋の歌は勇壮な叙事詩の対極と見なされていた。だが、英雄の勲《いさおし》を歌うホメロスの叙事詩も煎じ詰めればしょせん恋の歌ではないかと、恋愛詩の妙手オウィディウスは祖国から遠い黒海のほとりで反

論した。ホメロスの揺るぎなき権威がなければ、彼の反論も効果がなかっただろう。

ローマでホメロス叙事詩を受容した詩人として最も重要なのは、ウェルギリウス(前七〇―一九)である。その『アエネイス』は、ローマ文学の金字塔を打ち立てただけではなく、後世に決定的な影響を与えたという点でも、ヨーロッパ文学の偉大なカノンである。

「アエネアスの歌」を意味する『アエネイス』は、主人公アエネアスの海上遍歴と戦いを描く。トロイア方の英雄アエネアスは、トロイア陥落のとき、父アンキセスを背負って祖国を脱出した。そして地中海各地を放浪した後、イタリアに到着し、土着の人々との戦いで勝利をおさめてローマ建国の礎を築いた。ウェルギリウスは『イリアス』と『オデュッセイア』を模範とし、ホメロスと同じ長短格六脚韻の詩形で、ラテン民族の叙事詩を創作した。全一二歌の『アエネイス』が全篇の枠組みとしてホメロス詩篇を取り入れたことは明らかで、前半六巻での主人公の漂流は『オデュッセイア』に倣い、後半六巻での敵との戦いは『イリアス』を踏襲する。

しかし『アエネイス』はホメロス叙事詩の模作ではない。創造的受容のあり方を代表する作品である。その基盤をなすのはホメロス叙事詩とのパラレルな対応関係だが、自然や人間へのまなざしや主人公の生き方などは明らかにホメロスとは異なる。ホメロスはウェルギリウスの叙事詩を媒介とすることで初めてルネサンスでよみがえり、現代に息づいていると言っても過言ではない。『アエネイス』の内容と受容、そして後世に与えた大きな影響については、本シリーズ所収の小川正廣氏の『アエネーイス』をお勧めして、ひとまずこの章を終えたい。

第三章　変容と反発の時代

中世の西ヨーロッパ

時系列からすると、古代後期における受容について述べるべきところだが、ラテン語文化圏というくくりを優先して、最初に中世を眺め、その後、古代後期に戻ることにする。

中世ヨーロッパではキリスト教が文化の中心になり、多神教崇拝の異教世界は後退を余儀なくされた。そのため、ギリシアの詩歌や演劇への関心は薄れ、神学や哲学、医学、科学などが学問の中心を占めた。しかし一口に中世といっても、ギリシア文学受容の様相は西と東では異なっていた。

西ヨーロッパでは、ホメロスのテクストは知的世界の圏外にあった。宗教的理由にまさるとも劣らぬ大きな要因は、言語である。東方ビザンツでは、六世紀以降、ラテン語に代わってギリシア語が公用語になったが、西方カトリック世界では、宗教的・知的な意思疎通がラテン語で行われたため、ギリシア語の読み書きの伝統は途絶えた。たとえば、修道院が古典の保存と伝承に貢献したことはよく知られているが、西ヨーロッパの修道院で書き写されたのは、大部分がラテン語文献だった。

西側でかろうじてホメロス叙事詩が筆写されたのは、ギリシア語を話していたイタリア最南端部やシチリアである。なかでも、イタリア半島のかかと部分にあるオトラントは、学校と図書館を具えた名高い修道院を有し、東ローマ帝国の首都と密接な接触を保っていたこともあって、一二〇一年に作られたことが確実な『オデュッセイア』の写本を残している。また、シチリア王(在位一一九七—一二五〇)で神聖ローマ帝国皇帝(在位一二一五—五〇)でもあったフェデリーコ(フリードリヒ)二世の統治下に、この町で『オデュッセイア』が研究されたことも判明している。

しかし、オトラントはあくまでも例外にすぎない。西側では、ホメロス叙事詩が原典で読まれる代わりに、その主題であるトロイア伝説が広まった。そのため、この章では、『オデュッセイア』そのものではなく、この伝説の変容を扱うことになる。

中世最大の詩人ダンテ・アリギエーリでさえ、ホメロスの名を知っていてもテクストに直接触れてはいない。『神曲』は、『アエネイス』第六歌の冥界下降に倣って異境を彷徨する場面を描いたが、ダンテは、敬愛するウェルギリウスを彷徨の導き手としてこの作品に登場させた。『アエネイス』は冥界訪問のモチーフを『オデュッセイア』第一一歌から借用したが、ダンテがウェルギリウスのこの借用源を読んだ形跡はない。『神曲』の引用する六個所のホメロスの詩句はどれも、アリストテレスのラテン語訳、もしくはホラティウスからの抜粋であった。

『神曲』地獄篇第二六歌には、オデュッセウスも登場する。しかしダンテの描くオデュッセウスは、権謀術数を用いてトロイアを陥落させた罪により、第八圏第八嚢で業火の責め苦にあえいでいる。そこは策を弄した者たちが堕《お》とされる場所である。揺らぐ炎のなかから聞こえる彼の声は、『オデュッセイア』の主人公とはまったく別人のように響く。古代の叙事詩では、彼は妻子の元に戻りたいという一念で辛苦に耐えていた。しかし『神曲』におけるオデュッセウスは、この世界を知り尽くしたいという衝動に駆られて、家族への愛も義務も捨てる。そして、人間がその先へ行ってはならないことを示すしるしであるヘラクレスの柱(ジブラルタル海峡)を踏み越え、ついに波に呑み込まれる。この人物造型には、禁じられた知識を渇仰する罪深い欲望の象徴が読み取れる。

貴族に人気の『トロイ物語』

ダンテのおよそ一〇〇年前、フランスでは『トロイ物語(*Roman de Troie*)』が絶讃を博していた。トロイア伝説を主題とするこの物語詩は、フランス中部のサント＝モール出身の宮廷学僧ブノワ(一二世紀後半)によって一一六五年頃に書かれた。アルゴ船の話から始まり、ギリシア軍がトロイアで戦闘と停戦を繰り返した後に帰国するまでを扱っている。アルゴ伝説由来のモチーフがオデュッセウスの航路に組み込まれていると前章で述べたが、この伝説は本来はトロイア戦争と無関係だった。それが戦争の原因と関係づけられたことは、ホメロスでも「叙事詩の環」でも一度もなかったが、ブノワはアルゴ伝説を戦争勃発の前段階として位置づけた。

この一事に象徴されるように、中世のトロイア伝説の話型は多くの点で古代と異なる。たとえば、トロイア王女ポリュクセナは『イリアス』にも『オデュッセイア』にも登場しないが、『トロイ物語』では、ポリュクセナに恋をしたアキレウスが思慕のあまり、味方を裏切り、敵の陥穽にはまって殺されることになる。

『トロイ物語』は貴族や騎士層を受容者とするロマン(中世フランス語で書かれた物語)であるから、宮廷風恋愛を含んでいる。ブノワも四組の男女の恋を描いた。アキレウスとポリュクセナのほか、アルゴ船を率いた英雄イアソンと王女メデイア、パリスとヘレネ、そして、トロイロスとブリセイダというカップルである。最後のカップルの悲劇的な恋は、ブノワが創作した可能性が高い。トロイロスはトロイア王の末子であり、『イリアス』では、あまりにも若くして戦死したとしてただ一度(*Il.* 24. 257)言及される端役にすぎない。ブリセイダのほうは、ギリシア側に寝返ったトロイアの神官の娘として『トロイ物語』で初めて登場する。

『トロイ物語』の人気の秘密は、恋のモチーフ以外にもあった。当時は、貴族が自分の祖先を古代に求める風潮があり、この実際的な要請に応えているのである。やはりこの頃に流行した作者不詳の『エネアス物語』はウェルギリウスの『アエネイス』の翻案で、トロイア方の英雄アエネアスを祖先とすることによって、フランス貴族の出自確立願望を満たした。同様に『トロイ物語』もトロイア側に加担してギリシア方を悪党として描き、戦闘ではたいていトロイア軍が勝つ。トロイア陥落の原因も、古代の伝承ではギリシア軍の勇猛果敢さと木馬の計略であったが、『トロイ物語』では、城壁内の人間の裏切り行為であった。このように、ブノワが描いた世界は、筋の展開でも全篇の雰囲気の点でも、ホメロス叙事詩とまったく違っている。

『トロイ物語』の情報源

学識豊かなブノワといえども、西ヨーロッパの中世知識人の例に漏れず、ホメロスの原典を読んでいなかった。では、『トロイ物語』の素材は何だったのか。主要な直接的典拠は二つあった。一つは「クレタのディクテュス」の従軍記録と称する『トロイア戦争日誌(*Ephemeris Belli Troiani*)』、もう一つは「プリュギアのダレス」作の『トロイア陥落物語(*De Excidio Troiae Historia*)』である。いずれもラテン語散文による偽作だが、後者のウェイトのほうが高い。偽作であるという点にこそ、古代後期のホメロス受容の特徴があるのだが、この二作品を詳しく見るのは後回しにする。

『トロイ物語』には、他にもいくつかの情報源がある。『イリアス・ラティナ(*Ilias Latina*)』というラテン語版『イリアス』もその一つだった。皇帝ネロの時代(在位五四―六八)に作られたこの韻文訳は、九世紀中葉以降も学校の教科書として広く用いられ、現在も写本が一〇〇冊以上残っている。訳者は不詳だが、『イリアス・ラティナ』に織り込まれたアクロスティック(折句)から、「イタリクス」と呼ばれている。つまり、この作品の冒頭の数行と末尾の数行の頭文字をつなぐと、"Italic(us)...scripsit"(イタリクスが書いた)と読めるのである。

『イリアス・ラティナ』は、ホメロスの全訳ではない。『イリアス』を約一五分の一に圧縮した、わずか一〇七〇行のダイジェスト版である。しかも、はなはだ不均衡な抄訳である。『イリアス』の冒頭から第五歌を最初の五三七行に縮め、第六歌から第二四歌を五三三行に縮めたため、多くの重要な場面やエピソードが抜け落ちている。『イリアス・ラティナ』は『イリアス』より英雄的規範の色調が稀薄で、物語の力点は失われた愛をめぐる戦いに移っている。たとえば、戦線を退いたアキレウスが歌うのは、『イリアス』では英雄たちの勲《いさおし》だが、このラテン語要約版のなかでは神々の恋である。この二つの特徴はブノワにそのまま受け継がれた。

作者不詳の『トロイアの破滅(*Excidium Troie*)』も借用元の一つである。この作品が伝えるトロイア伝説はディクテュスやダレスのものとまったく異なるが、その起源はよくわからない。『イリアス・ラティナ』とも違って、トロイア伝説の古典的な輪郭を比較的忠実に保つため、古代と中世のギャップを埋めたと評される。これにはおそらくギリシア語版の原作があり、四—六世紀のどこかでラテン語散文に翻訳されたと推測される。その他にもさらに、二世紀頃の神話収集家ヒュギヌスの『神話集』、ローマ帝政期の詩人スタティウス(四五頃—九六頃)の『アキレウス物語』、オウィディウスの『変身物語』や『名婦列伝』といったローマの古典も、『トロイ物語』には巧みに取り入れられた。

中世トロイア文学

中世は古代のトロイア伝説を基に古代とは異質な物語をいくつも紡ぎ、「中世トロイア文学」と総称される作品群を生みだした。ブノワの『トロイ物語』は、宮廷や城館で朗読されながら広まって一世を風靡した。その人気の高さと持続性は、三九冊の写本が現存するという事実によっても、翻訳や同工異曲の模作が輩出したという事実によっても確証される。ホメロスの原典を直接読むこともなく、ラテン語訳もなかった西ヨーロッパの文化的土壌に、通俗的なかたちとはいえ、ブノワが播いた種には大きな意義があった。その素地があったからこそ、ホメロスは古代からルネサンスにつながり、その後に復活できたのである。

二〇年も経たないうちにこのロマンの同工異曲が、西ヨーロッパ各地に現れた。エクセター出身のラテン語詩人ジョセフの『トロイア戦記(*De bello Troiano*)』(一一八四年頃)は、『トロイ物語』のようにダレスの二番煎じだが、ラテン語の洗練度はダレスを上回っていた。一三世紀には『トロイ物語』のドイツ語改作版もいくつか現れた。代表的なものは、フリッツラーのヘルボルトの『トロイの歌(*Lied von Troye*)』(一二一〇年頃)と、ヴュルツブルクのコンラート(一二三〇頃—八七)の『トロイア戦争(*Trojanerkrieg*)』(未完)である。

一三世紀後半のイタリアでは、シチリア派の詩人グィード・デッレ・コロンネ(一二一〇頃—八七頃)がラテン語散文で、『トロイア滅亡史(*Historia Destructionis Troiae*)』を著した。実質的には『トロイ物語』の焼き直しにすぎなかったが、それが下敷きだということにはまったく触れず、代わりに、ダレスとディクテュス——『トロイ物語』の二大借用源——には何度も言及した。

historia という語が題名に含まれるように、グィードは恋愛よりも歴史を、仮構よりも事実を、娯楽性よりも信頼性を重んじ、借用元の濃厚な浪漫的色調を払拭した。史実に固執する態度は当然、ホメロス批判の方向に向かう。それをよく表すのが、次に引用する緒言である（岡三郎訳）。

彼〔ホメロス〕は、この歴史物語〔トロイア伝説〕の単純かつ明快な真相を欺瞞的な行路に踏み入らせ、起こりもしなかった数々の事柄を作り上げ、実際に起きた事柄を変容させたのだ。

さらに、伝説を過ちに導いた元凶の「欺瞞的作家」ホメロスとは違って自著は「真実を虚偽から分離すること」を示し、「将来のあらゆる時代を通して継続的に生き続ける」であろうと、豪語した。この予言的自負にたがわず、この「史書」は当時の国際共通語で書かれた強みを存分に発揮し、ブノワ以上の人気を得て、後世に影響を及ぼし続けた。

中世を越えて

中世から少し脱線することになるが、ブノワとグィードのその後に触れておきたい。間接的に、ジェフリー・チョーサー（一三四〇頃―一四〇〇）の『トロイルスとクリセイデ（*Troilus and Criseyde*）』（一三八三年頃）と、ウィリアム・シェイクスピア（一五六四頃―一六一六頃）の『トロイラスとクレシダ（*Troilus and Cressida*）』（一六〇一年頃）まで、その影響が及んだからである。

最初にブノワに刺激を受けたのは、『デカメロン』の著者として名高いジョバンニ・ボッカッチョ（一三一三―七五）である。早くも二〇代で『トロイ物語』に想を得たボッカッチョは、初期イタリア語で『フィロストラート(*Il Filostrato*)』(一三三五年頃)を著し、ブノワが『トロイ物語』で語った四つの恋物語の一つに焦点を絞った。トロイロスとブリセイダの恋である。ブノワとグィードで「ブリセイダ」だった主人公の恋人の名は、「クリゼイダ」に改められた。「恋に打ち砕かれた男」の意の『フィロストラート』は、題名そのままに、主人公トロイオロ(『トロイ物語』のトロイロス)の恋の喜びと恋人の裏切りによる苦悩と絶望を描いた。

ボッカッチョに刺激を受けたのが、「英詩の父」チョーサーである。重要な外交任務を帯びてイタリアを二度訪れたチョーサーは、活況を呈するフィレンツェやミラノを実見し、そこで感得したルネサンスの息吹にも、旅先で落掌した同時代のイタリア文芸作品にも啓発された。『フィロストラート』の写本も入手し、帰国後、英訳にとりかかった。舞台を当時のロンドンに移し、自由な想像力を羽ばたかせ、彫琢に心血を注いだ。それが八二三九行の長詩『トロイルスとクリセイデ』である。

以上がブノワの影響だが、グィードも独自の影響を及ぼし、彼の『トロイア滅亡史』は一四世紀後半にはカタロニア語、カスティリア語、ドイツ語に翻訳された。未完のまま作者が没したコンラートの『トロイア戦争』が無名氏によって書き継がれたのも、グィードに基づいてのことであった。

イングランドでも、聖職者・宮廷人のジョン・リドゲイト(一三七〇頃—一四四九)がグィードを訳し、史書というよりも説教に近い『トロイの書(*The Troy Book*)』に翻案した。執筆(一四一二—二〇年頃)から約百年後、著者没後の一五一三年に刊行された。リドゲイトの刊行より先にブールジュで出たウィリアム・キャクストン(一四二二頃—九一)の『トロイ史集成(*The Recuyell of the Historyes of Troye*)』(一四七四年頃)も人気を博し、版を重ねた。これは、その一〇年ほど前に書かれたラウル・ルフェーヴルのフランス語の同名作品(*Le recueil des histoires de Troyes* 図5)の翻訳で、英語による初の活版印刷本として名高い。後者はグィードとボッカッチョの作品の換骨奪胎であるため、キャクストンへのグィードの影響は間接的である。

図5――ギリシア兵が潜むトロイアの木馬．ラウル・ルフェーブル『トロイア史集成』の挿絵，15世紀．(Buxton, p. 138)

他方、リドゲイトとキャクストンは、シェイクスピアの『トロイラスとクレシダ』にも取り入れられた。この作品では、ジョージ・チャップマンの『イリアス』の最初の英語訳(一五九八年以降)も参照されたようだ。ホメロス叙事詩の両方を一人で翻訳した最初の訳者はチャップマンで、『オデュッセイア』の英訳は一六一二年である。だが、彼の訳は原文に忠実ではなく、記述的な説明や道徳的・哲学的な解釈が付加されている。

ボッカッチョやチョーサー、シェイクスピアまでいくと、一足飛びにルネサンスに突入することになる。その前に、同じ中世ヨーロッパでも、西とは事情の異なる東にも目を向けておこう。

ビザンツでのホメロス

東方ビザンツでは、ギリシア古典がしっかり息づいていた。先述のように、東ローマ帝国がギリシア語使用圏だったからである。そこでは古代と同様に、学校での読み書き教材としてホメロス叙事詩が用いられた。読み書き教材といっても、現代のように生徒が自分専用の教科書を持っていたわけではない。写本は貴重品だったため、テクストの所有は教師の特権であった。先生が読み上げる詩句を生徒は筆記し、ひたすら暗記した。一一世紀初頭のエペソス(小アジア西岸の都市)の司祭ミカエルによると、学校でホメロスを一日に三〇行、優秀な生徒は五〇行、暗記させられたという。『イリアス』と『オデュッセイア』は識字教材としてだけではなく、弁論の模範としても愛好され、修辞学の手本にもなった。こうした教育的・文化的伝統のおかげで、東方では両詩の読解や筆写も継続的に行われ、その権威も保持された。

とはいえ、ビザンツの歴史をひもとくと、実際的な法学や修辞学などに関心が移った時期もあれば、キリスト教徒へのギリシア古典教育を皇帝が禁じた時期もあった。それでもホメロスが忘れられることがなかったばかりか、叙事詩の韻律で「ヨハネの福音書」を書き替えようという試みさえあった。

東方世界の寄与は、ホメロス叙事詩の写本伝承を断絶から救ったことだけではない。特筆に値する

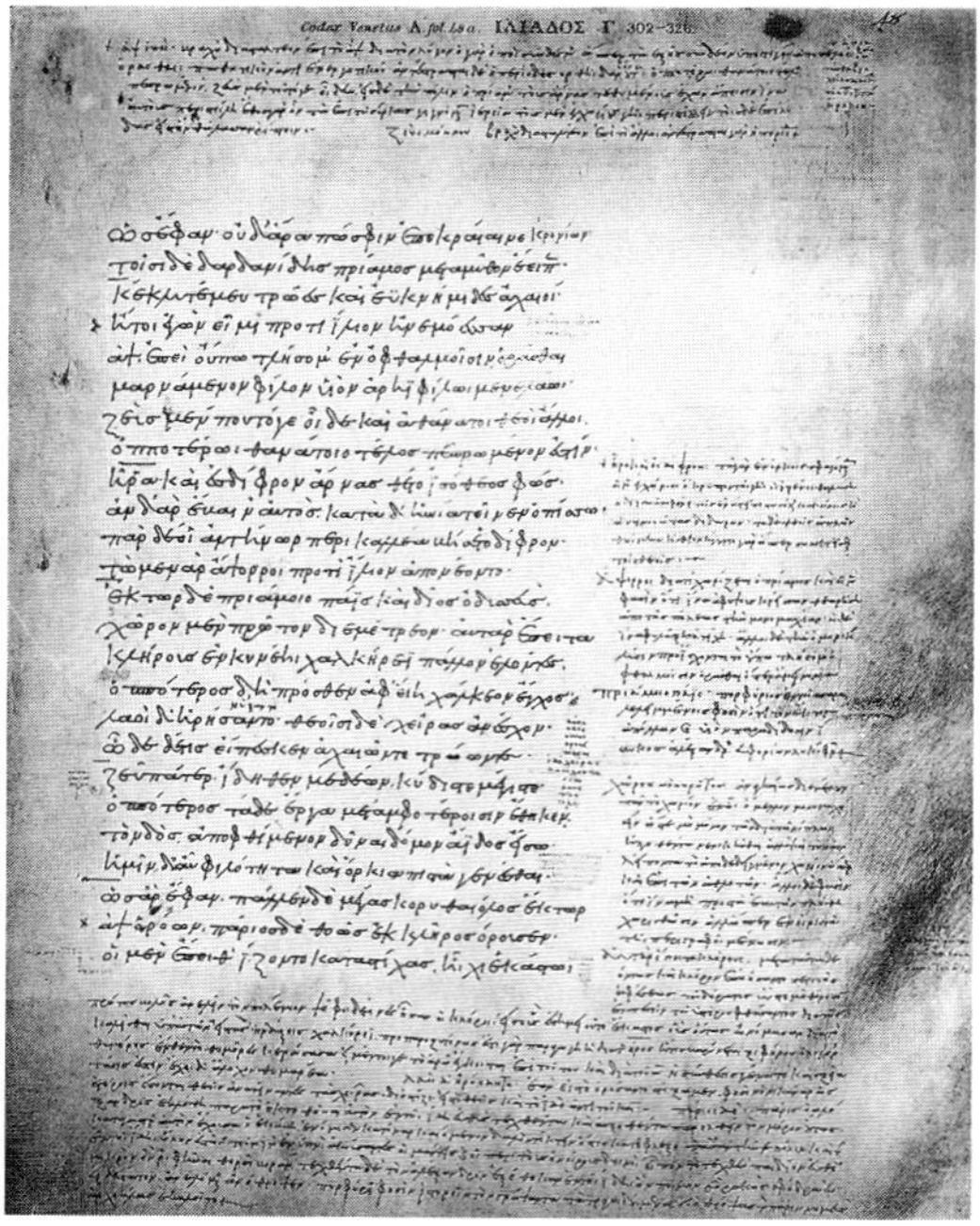

図6――ヴェネトゥスA写本(『イリアス』第3歌). 本文(左側)の周囲をスコリアが取り巻き, 行間にも注釈が記されている. 10世紀, ヴェネツィア, サンマルコ図書館. (Buxton, p. 27)

のは、「スコリア」形式の成立(四—五世紀頃)である。スコリアとはテクストの欄外に書き込まれた古代の注釈(古注)のことで、このスコリア付きの写本(図6)は、近代における文献学の発展の基盤となった。その意味で、東方世界におけるスコリア発明の功績はいくら強調してもしすぎることはない。

帝国の衰頽が進み、学問と文化は六世紀末には深刻な様相を呈したが、九世紀に平和が回復すると、古典への関心も息を吹き返した。現在は存在していない文献の写本も、この頃の東方にはまだ多数残っていた。それらを存分に活用したのは、テッサロニケの大主教エウスタティオス(一一一五頃—九五／六)である。その『イリアス注解』と『オデュッセイア注解』は大部な注釈書で、種々雑多な事柄について、枝葉末節に至るまで講釈を連ねた稀有な書である。エウスタティオスは寓意的解釈を批判し、ホメロスを旧約聖書のモーゼになぞらえた。ホメロスに人生の指針を見いだした彼の姿勢は、次に引用する『イリアス注解』の序文にうかがわれる(MacDonald, *Christianizing Homer*, p. 19)。

ホメロスの詩は神話が多く、そのせいで賞讃をのがしかねないと、あなたは異議を唱えるかもしれない。私の答えはこうだ、(中略)ホメロスのさまざまな神話はたわむれにあるのではない。それは高尚な思想の影もしくはヴェールなのだ。(中略)ホメロスは大衆をひきつけるために、さまざまな神話で詩歌を織りなす。その策略とは、哲学の難解さに恐れをなす人々を網でとらえるまで、人々への餌と護符として神話のうわべの見せかけを用いることである。ホメロスは人々をとらえてから、真理の甘美さを与えるのであり、人々が賢明な者としてわが道を進むために、また、他の場所で真理を探求するために、解き放つのである。

東ローマ帝国の首都は一時ニカイアに移った後、一二六一年にコンスタンティノープルに戻った。再遷都とともに始まるパレオロゴス朝ルネサンスは、ホメロスを高く評価したが、一四世紀に入ると、研究者たちの関心はギリシアの演劇とピンダロスに移り、叙事詩から遠ざかった。しかしちょうどその頃、西ヨーロッパでの『トロイ物語』とその同工異曲のブームが東方にも波及し、当時のギリシア語に翻訳されたブノワのロマンが流行した。原典で叙事詩を読む機会があったにもかかわらず、すでに熱が冷めていたビザンツへの逆輸入が、ホメロス再燃のきっかけになったのである。

その後、東ローマ帝国はオスマン軍の攻撃によって一四五三年に滅亡した。ビザンツ世界の崩壊という政治的大事件は、当然のことながら、古典の受容にも大きな影響を及ぼした。それについては、ルネサンスの人文主義運動との関連で扱うことにしよう。

詩と歴史のはざまで——古代後期での変貌へ

話の順序が前後して恐縮だが、ルネサンスに移る前に、いったん古代後期に戻っておきたい。というのは、ホメロス叙事詩は古代から中世にストレートに流れ込んだわけではなく、その間に一つの大きな変容を経験していたからである。それを経なければ、トロイア伝説が中世に伝わったかどうかも危ぶまれるほどの大きな変貌であった。

以下で述べるこの変容のキーワードは、詩と真実の、あるいは虚構と史実の、狭間《はざま》である。古代後期における変容の起源は、究極的には古典期の歴史家たちに遡る。彼らは、詩が真実を語るものかどうかに懐疑を抱き始めた。そしてその流れが、二世紀頃のローマ帝政期になると、ホメロス叙事詩の大胆な改作あるいは再構築というかたちで炸裂するのである。

この再構築の軌跡を具体的にたどっていこう。ホメロスや「叙事詩の環」では、ヘレネがパリスとともにトロイアに渡ったために戦争が勃発した。しかしこれとは別の話型、つまり、ヘレネは実際にはトロイアに行かず、戦争中ずっとエジプトに留まっていたという話型が、遅くとも前六世紀には流布していた。たとえば、合唱抒情詩人のステシコロス(前六三二頃―五五六頃)は、ヘレネのエジプト逗留を題材に『歌い直しの歌(*Palinodia*)』(fr. 192 Davies)を作った。その詩句は、プラトンにも引用されている(『パイドロス』243A)。悲劇詩人エウリピデスも『ヘレネ』(前四一二年上演)でこの話を用いた。

これまで何度か言及した歴史家のヘロドトスは、ヘレネに関するこの情報をエジプトの祭司たちから聞いた。そしてこの情報のほうが信憑性が高いと判断し、ヘレネのエジプト滞在の話は叙事詩に向いていないから、ホメロスはこれを知ってはいたが採用しなかったのだと考えた(『歴史』2. 113-120)。ここに内包されている認識は、詩歌は目的に応じて情報を取捨選択し、操作や加工を施すものであるというものだ。ホメロス詩篇は民族の過去の記念碑的叙事詩としてそれまで機能していたが、詩は歴史上の真実を正確に映し出す鏡だろうかという疑念が芽生えたのである。ヘロドトスが探究したペルシア戦争が伝説のトロイア戦争を逆照射し、史実と虚構が分離し始めたのである。

歴史と虚構の親和関係の亀裂はトゥキュディデス(前四六四頃―四〇一頃)にも見いだせる。ペロポンネソス戦争を記録したこの歴史家は、トロイア遠征が実際にあったことだとしても、ホメロスは「トロイア戦争より遥かに後世の人である」(『戦史』1. 3　藤縄謙三訳)から、その規模は叙事詩の記述よりずっと小さかったに違いないと言う。「ホメロスは詩人であるから、もちろん誇張して飾り立てているはずである」(同1. 10)という指摘には、史的真実と詩的仮構の峻別への強い決意が認められる。

アンチ・ホメロス

先に述べた寓意的解釈は、哲学者たちのホメロス批判を正当化するために生まれたが、歴史家たちの懐疑の延長線上に生じたのは、物語の再編成である。つまり、叙事詩が内包する「虚偽」を排除し、戦争の「真実」を語ろうという試みが芽生えたのである。この試みの行き着く先は、反ホメロスである。史実と虚構の裂け目に向けられた先鋭な意識に由来するホメロスへの不信は、ヘレニズム時代以降になって表面化する。

アンチ・ホメロスの代表的な例は、前四世紀中葉の犬儒派の哲学者ゾイロス(前四〇〇頃—三二〇頃)の九巻の非難演説(散逸)である。彼はたとえば、『オデュッセイア』はキコネス族との戦いで一二隻の船から各六名ずつの仲間が失われたというが、この割合は均整が取れすぎていておよそ信じがたいと批判した。ゾイロスは、ホメロス叙事詩は悪趣味で荒唐無稽だと仮借なく誹謗したため、「ホメロマスティクス(ホメロスを鞭打つ者)」と綽名された。知識の万能の宝庫としてホメロス叙事詩の威信が頂点に達したヘレニズム時代に、この詩聖への反発も顕在化したのである。

この時代には、先述のように、二大叙事詩の標準版が確立されたが、それを行った文献学者といえども、無邪気なホメロス崇拝者だったわけではない。厖大なテクストの整理・照合に必要な批判精神は、本文だけではなく詩の内容にも向けられた。たとえばゼノドトスは、アプロディテが手ずからヘレネに椅子を運ぶのは女神にふさわしくないと見なした。その叙述を含む『イリアス』の一節(*Il.* 3. 424-425)に彼は「品位のない言動」を認め、ホメロスの真正の詩句ではないとしてしりぞけた。

しりぞけたと言っても、疑わしい詩行をテクストから完全に除外するのではなく、削除案として注釈書に記すのみで、その詩句はテクストに温存された。字句の抹殺という暴挙を慎んだのは、後世の目から見るとじつに賢明であった。品位の有無の判断基準は歴史的・主観的に変化するため、もしアレクサンドレイアの学者たちが当該個所を完全に削除したとすれば、ホメロスのテクストが支離滅裂になった可能性も高く、その文学的価値は間違いなく低下したであろう。

ヘレニズム時代の反発後には、改竄《かいざん》が主流になった。ホメロス叙事詩を信頼に値する歴史書に書き換えようとする試みは、ヘゲシアナクスをもって嚆矢《こうし》とする。ヘゲシアナクスはセレウコス朝のアンティオコス三世(在位前二二三―一八七)の朋友として遇された詩人である。「ゲルギスのケパリオン」という偽名で著された『トロイア物語(*Troica*)』は、『ヒストリアイ(歴史)』とも呼ばれ、碑文資料や文学資料に基づいて、ホメロス叙事詩を神話的歴史小説に改変しようとした最初の作品である。その影響力は、同時代の著述家はもとより、一〇〇年も二〇〇年も後の著述家たちからも、まともな歴史資料として引用されるほど大きかった。

第二ソフィスト時代

トロイア伝説の再編成は、二世紀頃の第二ソフィスト時代と呼ばれる時代になると、以前にも増して活発になった。ただ、当時のホメロスの改変は、「史実」対「虚構」の真剣勝負というよりも、高尚な知的ゲームの様相を呈した。古典期の著述家に見られた「歴史」や「真実」への鋭敏な感覚が薄れたというよりもむしろ、ホメロス叙事詩という万華鏡に、意表を突いた細工を施して遊ぶといった文芸思潮が優勢になったとも言える。その覗き穴から見える模様の奇抜さと美しさは、さりげなくちりばめられた博引傍証によって高められた。トロイア伝説を加工した人々は、新奇なモチーフを自在に投入し、叙事詩と異なる要素を強調した。それに加えて、時代趨勢から避けがたいことでもあったが、神々の関与のモチーフは稀薄になった。

その加工は、とどまるところがなかった。両叙事詩の「欠陥」は恣意的に修正され、いわば何でもありの状態に陥った。たとえば、雄弁ゆえに「クリュソストモス(黄金の口)」という異名を取った弁論家・哲学者のディオン(四〇頃―一二〇頃)は、ホメロスは嘘つきで歴史を捏造したという趣旨の演説を行った。その論拠は、ヘロドトスと同じように、エジプトの神官の話である。そのうえで、ギリシア軍は実際には木馬に潜まず、トロイアは陥落せず、戦争はヘレネの仲裁による講和条約の締結で終結したと、主張した(第一一演説)。とはいえ、彼のこういった奇想天外な主張の真意は論争の的となった。それは弁論のための弁論にすぎず、ホメロス叙事詩を本気で改作する意図はディオンになかったという説もあれば、教養豊かな人々に知的娯楽を提供するための弁論なのだとする説もある。

ホメロスの修正を意図した作品群のうち、中世に最大の影響を及ぼした著作は、前に述べたように、ブノワの『トロイ物語』の種本となったダレスの『トロイア陥落物語』と、ディクテュスの『トロイア戦争日誌』である。ダレスの影響のほうが大きかったが、先に書かれたのはおそらくディクテュスとされる。いずれももちろん偽書であり、右に述べた潮流の延長上の産物である。

ディクテュスの『トロイア戦争日誌』

ディクテュスの『トロイア戦争日誌』はその緒言で、ギリシア語原典がその元にあると明かしている。その種本がラテン語に翻訳されたのは四世紀頃と推測される。中世の間はこのラテン語版のみで流布したため、ギリシア語原典が本当にあったかどうか一七世紀以降、疑われていた。しかしパピルス断片(P. Tebt. 268)の発見によって、その存在が一九〇七年に確認された。

『トロイア戦争日誌』は、史書のような筆致の散文で書かれているだけではなく、神々の役割も大幅に縮小した。この作品でも神々は前兆や予言を示し、犠牲を献じられはする。しかし、ホメロス叙事詩では、神々が事件の因果関係や登場人物の心理に直接的に関与したのに対し、『トロイア戦争日誌』では、神的介入は排除された。たとえば、トロイアの木馬は、古代の伝承では女神アテナの神助を得たオデュッセウスの考案であったが、『トロイア戦争日誌』では、トロイアの予言者ヘレノスがギリシア側に寝返って提案したという。オデュッセウスの放浪も、叙事詩では海神ポセイドンの怒りが原因だったが、ディクテュスは同胞の英雄テラモンの執念深い憎悪をその原因とした。神は関係なく、あくまでも人間の心理の動きで世界は動くのだ。

『トロイア戦争日誌』は、トロイアに実際に参戦した目撃者の実録日誌であるという主張によって、内容の正当性を強調する。すなわち、作者のディクテュスは、『イリアス』(*Il.* 1. 145; 2. 645; 5. 43 その他)で言及されるクレタの王イドメネウスに随行して実際にトロイアに赴いたのだという。この主張自体が粉飾であるが、さらにもっともらしく見せるために、原典発見のまことしやかな経緯が捏造された。「緒言」によると(内容の類似した「書瀚」も付されているが細部が少し異なる)、従軍したディクテュスは遠征記録をフェニキア文字で綴り、それを自分の墓に収めるよう遺言して亡くなった。その遺作は、ネロ帝の時代に地震で墓が開いたため、偶然、発見された。そしてこの古文書は皇帝に献呈され、ギリシア文字に変換されて、さらにラテン語に訳されたという。

ディクテュスのギリシア語原典は、一世紀頃に創作されたと推定されるため、文芸パトロンのネロ帝に娯楽を提供することがその創作意図だった可能性が高い。実際、帝政初期にはホメロス以前のトロイア伝説への関心が高まってブームになったが、ディクテュスはこの流行の先駆けであった。

同時代には、フィクションの発達に寄与した作家の一人のプトレマイオス・ケンノス(一〇〇年頃)もいた。ケンノスもホメロス叙事詩を改変し、二四巻の『アンチ・ホメロス(*Anthomeros*)』はホメロス反駁を標榜した作品と推測される。散逸したために題名から内容を推定するしかないが、『新しい歴史』という彼の別の作品にも、ホメロスの修正が認められる。

ダレスの『トロイア陥落物語』

ダレスも、ホメロス以前に生きた戦争体験者の実録とその偶然の発見という、ディクテュスとほとんど同じ仕掛けを用いた。すなわち、『トロイア陥落物語』の緒言も、元々ギリシア語で綴られていたトロイア史の書物がたまたま見つかり、それをラテン語に訳したのだという。

ブノワが『トロイ物語』でトロイア側に味方するのは、プリュギア人(=トロイア人)ダレスの『トロイア陥落物語』を最も重要な手本にしたことに由来する。一方、もう一つの種本のディクテュスは、ギリシア側の視点に立ち、アルゴ伝説に触れていない。したがって、ブノワがアルゴ船の冒険をトロイア戦争の発端としたのも、ダレスを踏襲したためである。

ラテン語版『トロイア陥落物語』の成立は、五世紀頃と推測される。そのギリシア語原本の有無は、ディクテュスと違ってはっきりしない。ローマ帝政期の著述家アイリアノスの『ギリシア奇談集』(11. 2)に、ホメロス以前の叙事詩人の一人としてダレスへの言及がある。それが『トロイア陥落物語』のギリシア語オリジナル版の著者だとしたら、詩人である以上、種本は韻文で書かれたはずだが、この幻の原本はまだ発見されていない。『トロイア陥落物語』は文体の分析から、おそらくディクテュスの『トロイア戦争日誌』とほぼ同時期、あるいはその少し後の創作と推測される。そして、もしギリシア語種本があったとしても、それは韻文ではなく散文の可能性が高いようだ。

ダレスの作品も偽書だが、その粉飾ぶりは徹底している。その基本姿勢を示す言葉を次に引用しよう。原本をラテン語に訳したと主張するコルネリウス・ネポスによる「書翰」である(岡三郎訳)。

小生(コルネリウス・ネポス)は、(中略)ギリシャ語の原文のもつ直截にして簡明なる文体に従って、逐語的に翻訳致しました。それゆえ、読者は、この記録に従って、何が起こったかを正確に知ることができるとともに、フリュギア人ダーレスとホメロスの、いずれが、より忠実に書いたかを自ら判断できるでありましょう。――ギリシャ勢が、トロイアを猛攻した当時に生き、かつ戦ったダーレスか、それとも、あの戦争が終結してから、ずっと後年に生まれたホメロスか、いずれでしょうか。

この果敢な宣言の根拠は、「ずっと後年に生まれたホメロス」には提供不可能な目撃情報である。断言してはばからないこの強い口調には、ついうっかり騙されそうになる。だが、二大叙事詩が「声の文化」の産物であることが明らかな現代では、これが自著の信憑性を強化するための作為だと見抜くことができる。しかしブノワは、伝聞しか知らないホメロスより、自分の目で事実を見たダレスのほうが真実を伝えていると見なしたのである。

初期教父と『オデュッセイア』

第二ソフィスト時代の再編成の顕著な特色の一つは、先に指摘したように、神々の比重の低下である。ホメロス叙事詩では、神々は身近な存在であった。たとえばアテナ女神は、怒りのあまり剣に手をかけたアキレウスの髪をつかみ、思いとどまるよう諭す(*Il.* 1. 188-222)。ゼウスは偽りの夢でアガメムノンを惑わした(*Il.* 2. 1-47)。『オデュッセイア』でも、アテナ女神がしばしば人間に化身して現れ、主人公や息子を励ます。叙事詩の神々はこのように、人の感情や行動に直接関与した。

しかし歳月の流れとともに、神さびた声は遥かかなたに遠のいた。政治・経済・社会・文化の変化とともに宗教事情も変わり、ギリシアの神々への信仰は衰えた。ヘレニズム期にはオリエント系の密儀宗教やエジプト由来のイシス崇拝なども流入し、二世紀には「ローマの平和」のもと、空前の繁栄を誇った古代地中海世界に、イエス・キリストの教えが次第に広まっていった。

キリスト教徒にとって、ホメロス叙事詩の多神教世界はジレンマの種であった。一神教と多神教の融和を図ろうとした初期教父たちは、聖書解釈に古典を取り入れ、ホメロスにキリスト教的象徴を読み取った。そのような初期教父の一人が、アレクサンドレイアのクレメンス(一五〇頃―二一五頃)である。彼は、帆柱に体を縛りつけてセイレンの誘惑をのがれたオデュッセウスに、十字架上のイエス・キリストとの類似性を認めた(『ギリシア人への勧告』12. 118. 4)。クレメンスの弟子のオリゲネス(一八五頃―二五四頃)や、神学者のヒッポリュトス(一七〇頃―二三六頃)もこの見解を共有した。ギリシア語に堪能なメディオラヌム(現在のミラノ)の司教アンブロシウス(三三三頃―三九七)は、オデュッセウスの帆柱を、世俗の快楽の誘惑に遭遇したときにキリスト教徒が自らを縛り付けるべき十字架と解した。

ピロストラトス

一方、異教世界では、伝記作家・弁論家のピロストラトス(一七〇頃―二四五頃)が、『ヘロイコス(*Heroicos*)』で翻した反旗は独創的なものであった。この作品はディクテュスやダレスと同じく、当事者情報という幻想をふりまくが、ピロストラトスが用いたのは古文書の偶然の発見という偽書の常套手段ではなく、古くから実際に行われていた英雄神崇拝である。

『ヘロイコス』のあらすじをたどると、ギリシアの英雄プロテシラオスの亡霊は、トロイア北方の葡萄園に頻繁に出没し、葡萄園所有者にこの戦争の「真相」を語り明かしていた。あるフェニキア商人が船旅の途上でそこに立ち寄り、偶然出会った葡萄園主からそれを聞くのである。

古代の伝承では、プロテシラオスはトロイア到着前に没していた。したがって、彼はその後の展開を知らないはずだが、『ヘロイコス』のプロテシラオスの亡霊は、戦争の一部始終を見聞していただけではなく、ホメロス叙事詩にも精通している。彼はこのような全知の立場から、『イリアス』と『オデュッセイア』の「虚偽」を暴露するのである。

ピロストラトスのオデュッセウス像は、ホメロス叙事詩の陰画の観を呈する。木馬の計を考案した頭の切れる能弁家という限りでは、ホメロスを踏襲しているかに見える。しかし実際には、戦いの気概に欠け、戦術については無知無能で、風采の上がらない男である。

『ヘロイコス』のオデュッセウスには、嫉妬深さという致命的な欠点もある。パラメデスが策略によって彼の佯狂を見抜き、参戦させたという伝説については、先に触れた(一六頁参照)。この伝説を基に『ヘロイコス』では、オデュッセウスは自分より英知のすぐれたパラメデスを妬み、策謀によって殺したとされる。プロテシラオスの亡霊はそのことを知っているため、『オデュッセイア』の主人公を「ホメロスの玩具」と呼び、その放浪は信ずるに値しない作り話だと語る。すなわち、彼の船隊はたしかにポセイドンの怒りによって破滅したが、海神の怒りの原因は、海神の息子である巨人の目を潰したことではなく、海神の孫にあたるパラメデスを殺害したことにあったのだという。

ピロストラトスによると、ホメロスは叙事詩を創作する前にイタカに行ってオデュッセウスの霊を呼び寄せ、トロイア攻防について尋ねた。すると霊は、詩のなかで自分の知恵と勇気を賞讃するなら真相を語ってもよい、と持ちかけた。詩人はこの交換条件を承諾し、真実をすっかり聞いて立ち去ろうとした。そのとき、オデュッセウスの霊が詩人を呼び戻し、自分がパラメデスを謀殺したことは伏せておいてくれと頼んだ。さらに、ホメロスを傀儡《かいらい》にして地上の人間たちを欺くことで自分の刑罰を軽くしようとして、こう懇願した(『ヘロイコス』43　内田次信訳)。

どうかパラメデスをトロイアまで来させないでくれ。彼を戦士にするな、また賢者だったということを言わないでくれ。他の詩人たちはそう述べるかもしれないが、おまえが言わなければそれは信ずるに足るとは思われないだろう。

ホメロスはこの嘆願を聞き入れ、このような裏取引のせいで両叙事詩はオデュッセウスをほめすぎたのだと、ピロストラトスは言う。『ヘロイコス』の巧妙な仕掛けには、思わず舌を巻く。オデュッセウスの伝説的な狡猾さをフルに活用しながら、完膚《かんぷ》なきまでに彼の英雄的イメージを失墜させている。同時に、ホメロスの全知を保障しながら、他の詩人との比較によって、詩聖ホメロスの威信を、シニカルにではあるが、高めもしているのである。

本章では、中世と古代後期におけるホメロスの受容を述べたが、章を終えるにあたって、この二つの時期の関係に触れておきたい。第二ソフィスト時代のホメロス再構築の試みは中世にも流れ込んだが、そのすべてが受容されたわけではない。ディオン・クリュソストモスやピロストラトスの過激なアンチ・ホメロスは、中世の西ヨーロッパには受け容れられなかったのに対して、『イリアス・ラティナ』やディクテュス、ダレスなどは大きな影響を及ぼした。この対照的な受容の原因は、やはり言語に求められる。中世の間、西側では、ギリシア語の著作に直接アクセスするすべがなかったことを忘れてはならない。言語の役割の重要性については、中世の西ヨーロッパにおけるホメロス受容の原点となったブノワの『トロイ物語』が、もっぱらラテン語作品に範を求めたという事実を思い出すだけで十分であろう。

古典期に芽生えた反ホメロスの系譜は、帝政初期の文化的コンテクストのなかでデフォルメされ、さらにこの変形された種が中世の土壌に播かれ、恋の香り漂うロマンとして、あるいは、史的真実を強調する偽書として開花した。ホメロス叙事詩という醇正な種子は、ゆがみやひずみを甘受してなお余りあるほど、懐が深かったわけである。やがて中世の終焉とともに、この種子を本来の姿のまま受け入れようとする動きが始まる。この胎動がルネサンスの人文主義であった。

第四章　原典への回帰

初期人文主義者の苦闘

ルネサンスという新しい時代には、詩歌や歴史、演劇、書簡文学、修辞学が知的関心の中心を占め、ルネサンス（再生）の名称どおり、ギリシア・ローマの古典がよみがえった。ホメロス叙事詩も古典復活の趨勢《すうせい》に乗って、すぐに原典で読まれるだろうと期待がふくらむ。だが、事態は私たちが予期するほど早くは展開しなかった。

ギリシア古典への関心は、一気に上昇したわけではない。このことは、初期の人文主義者たちが何を読んだか、あるいは何を読もうとしたかを見るとよくわかる。フランチェスコ・ペトラルカ（一三〇四―七四）を取りあげてみよう。中世的・キリスト教的な桎梏《しっこく》からの人間の解放に、古典がどれほど大きな貢献をしたかを鮮やかに示した、人文主義者の先駆けである。だがそのペトラルカでさえ、若い頃に関心を寄せたのは、もっぱらラテンの学芸だった。たとえば、彼が青年期に読みたいと思った古典を、余白に暗号で記した写本がある。リストアップされた書物は広範な知的関心を反映して、歴史や詩歌、哲学、さらに技術書から天文学まで多岐にわたる。しかし、そのほとんどはローマの古典で占められた。ギリシア語の著作はアリストテレスの『倫理学』のみ。それもギリシア語原典ではなく、ラテン語訳で、優先順位も下のほうだった。実際、彼が生涯にわたって発見し、校訂し、注釈したのは、キケロやセネカ、リウィウスなど、ローマの文人たちの著作であった。

このリストにはギリシア古典の出番がなかった。しかしやがてペトラルカは心酔するキケロを経てプラトンを知り、詩作の模範と仰ぐウェルギリウスをとおしてホメロスの重要性を認識する。歳月とともに深まったホメロスへの関心は、この古代詩人自身に宛てた熱烈な手紙(『親近書簡集』24. 12)や、未完のラテン語叙事詩『アフリカ(*Africa*)』に反映されている。この作品には、実在のローマ詩人エンニウス(前二三九―一六九頃)が、主人公のローマの将軍スキピオ・アフリカヌスの友人として登場する。最終章でエンニウスは夢を見る。そこに現れたホメロスの亡霊は「第二のホメロス」となるのが彼の運命だと告げ、さらにエンニウスの一五〇〇年後にフランチェスコという詩人が出てスキピオを賞讃するだろうとも予言する。ペトラルカ自身のことである。彼は古典古代に敬意と賞讃を示しつつ、偉大な詩人の系譜に自らを加えることによって、ひそかな矜恃《きょうじ》をほのめかしたのである。

原典でホメロスを読みたいと熱望したペトラルカは、ついに一三四二年の夏、ギリシア語を習い始めた。師は、南イタリアのカラブリア出身のバルラアム。東西教会合同について協議するために、当時教皇庁があったアヴィニョンに東ローマから派遣された修道士である。バルラアムはラテン語が話せなかったので、師弟の意思疎通はかなり困難だった。それでもペトラルカは大文字の読み書きができるようになった。ところがそのとき、師が司教に叙階され、赴任地に発ったため、彼のギリシア語は、自身の弁によると、初心者の域にとどまった。一三五四年の初めに、親交のあった東ローマ皇帝特使から『イリアス』の写本を贈られた。このときのペトラルカの礼状には、ホメロスへの深い思慕の念がにじみでている。プラトンの写本を所有していた詩人はこう綴った(『親近書簡集』18.2 近藤恒一訳、一部補訳)。

今やついに、あなたのおかげで、哲学者たちの王にギリシア詩人たちの王が加わりました。こんなに偉大な客人たちを、だれが喜びとも誇りともしないでしょうか。〔ホメロスはわたしに沈黙していま す。あるいはむしろ、わたしにはかれの声が聞けないのです。〕でもわたしは、ホメロスを見るだけで楽しいのです。しばしばかれを抱きしめ、ためいきをつきながら言います。「おお、偉大な人よ。どれほどきみのことばを聞きたいことか!」

この切なる願いは、その後、間接的なかたちで成就する。ジョヴァンニ・ボッカッチョが、敬愛するペトラルカの熱い思いを真摯に受けとめ、ホメロス叙事詩の逐語的なラテン語訳を届けたのである。長年の念願がかなった晩年のペトラルカは、遠回しとはいえホメロスの声を伝えるこの訳に注釈を施した。『イリアス』については作業を終了したが、『オデュッセイア』のほうは、第二歌二四二行で中断された。ペトラルカは生涯最後の瞬間まで『オデュッセイア』の注解に取り組み、机に伏したまま息を引き取ったと伝えられる。いかにも古典に心血を注いだ文人らしい最期である。

ホメロスの声にじかに触れようとしたもう一人の初期人文主義者は、ペトラルカにラテン語訳を贈ったボッカッチョである。二〇代で『フィロストラート』を著したという一事をもってしても、若い頃からギリシア文学に傾倒していたことは明らかである。その古典崇拝に拍車をかけたペトラルカの書斎で、くだんの写本を前に、二人はホメロスについて熱心に語りあったのだった。

ついにボッカッチョは、アヴィニョンに向かう途中の修道士レオンツィオ・ピラートを説得し、フィレンツェに引き留めた。目的は、自身のギリシア語学習に加えて、ホメロスをラテン語に訳してもらうことであった。そのため三年間、自邸で彼の面倒を見ただけではなく、フィレンツェ大学での講義が実現するよう、有力者たちに精力的に働きかけた。苦労は実を結び、一三六〇年秋から一三六二年にかけてホメロス講読の授業が行われた。受講者はボッカッチョと彼の二人の友人たちのみ。しかも最後の年は、諸般の事情から彼自身がナポリに移ったため、結局開講されずじまいだった。だが、この講義の成果こそ、彼がペトラルカに届けたラテン語訳であった。

ギリシア語原典再生へ

これらの逸話は、「ルネサンス＝ギリシア・ラテンの古典の復活」という図式が大雑把な通説だということを示している。「ギリシア・ラテンの古典」と一括りにされるが、時代も言語も異なる二種類の古典はルネサンスの到来で一挙によみがえったのではなく、両者の復活にはタイムラグがあった。初期にはもっぱらラテンの著作が中心で、ギリシアへの関心はまだ黎明期だった。ペトラルカやボッカッチョなどの先駆的人文主義者がじかに接近を試みたことは特筆に価することだが、ギリシア古典の真の蘇生にはさらにまだ時を要した。

なぜなら、ギリシア語を読む環境が整っていなかったからである。それにはまず、テクストつまり写本がなければならない。すぐれた教師も必要だし、文法書や辞書などの道具も欠かせない。ルネサンス初期には、これらのどれ一つとして十分ではなかった。ペトラルカやボッカッチョの並々ならぬ苦労がしのばれる。

ギリシア古典は一三九七年以降に本格的に再生したと、しばしば言われる。というのは、東ローマ皇帝の特使だったマヌエル・クリュソロラス(一三五〇頃—一四一五)が、この年から三年間フィレンツェ大学で、そしてその後も各地でギリシア語を講じたからである。彼は当代きっての名教師という評判をほしいままにした。その『ギリシア語問答集』(没後の一四七一年)は、初めて活版印刷によって出版されたギリシア語文法書となり、教科書の定番として一六世紀まで広く用いられた。

ついでながら、クリュソロラスをビザンツから招聘《しょうへい》したのは、晩年のペトラルカやボッカッチョと親交の深かったリーノ・コルッチョ・サルターティ(一三三一—一四〇六)である。敬愛する二人の先達が一三七四年と翌年に相次いで世を去った後、人文主義運動を実質的に牽引した人物である。

原典の写本のほうは、教皇庁やメディチ家などが積極的に蒐集した。そして、これらのコレクターの代理人として、写本ハンティングに励む人々も現れた。クリュソロラスの弟子のジョヴァンニ・アウリスパもその一人で、東ローマ帝国が崩壊する三〇年も前から、ビザンツに出かけて多くの写本を持ち帰っていた。その収穫物には、後に「ヴェネトゥスA」と呼ばれることになる一〇世紀の『イリアス』写本も含まれていた(八四頁の図6参照)。この写本はその後、ベッサリオンの手に渡り、それによって、後に述べるように、近代のホメロス研究で非常に重要な役割を演じることになる。

ヨハンネス・ベッサリオン(一四〇三―七二)は、ギリシア古典の復興にとって重要な役割を果たした人物である。東西教会統一への尽力と功績により枢機卿に昇格し、古典学者としてもすぐれた力量を発揮するかたわら、後進の育成にも尽力した。ローマの自邸で文芸サークルを主宰し、『イリアス』をラテン語に翻訳したロレンツォ・ヴァッラ(後述)をはじめとする、多くの優秀な人材を育成した。さらにベッサリオンは、イタリアに亡命した同郷者や後学のために、自ら所有する四八二巻ものギリシア語写本を、そっくりそのままヴェネツィア市に寄贈した。まだ存命中の一四六八年のことである。その結果、「ヴェネトゥスA」は Venetus Marcianus 822 (previously 454) として、サン・マルコ図書館に収蔵されることになった。ホメロスの叙事詩は、それを原典で読もうとする人々にとってようやくアクセス可能なものになったのである。

ギリシア語古典蘇生のための環境整備が進んだのは、イタリアだけではない。メディチ家のロレンツォが写本収集のために派遣したビザンツ人亡命者ヤヌス・ラスカリスが、一四九五年にフィレンツエからパリに移り、フランスにおけるギリシア語研究の基礎を築いた。

このようにして、ホメロスを原典で読むための準備が次第に整っていった。ペトラルカが西ヨーロッパ人として初めてホメロス写本を手にしたときから、「ヴェネトゥスA」がサン・マルコ図書館に入るまで、一〇〇年以上もの歳月がすでに流れていた。

ラテン語版ホメロス

ギリシア語原典重視の趨勢に拍車をかけたのは、一四五三年の東ローマ帝国滅亡である。西のラテン語文化圏と東のギリシア語文化圏の交流は、それ以前から少しずつ進んでいたし、写本もビザンツから西方に徐々に持ち出されていたが、帝国の崩壊は書物や人の東西交流を一気に加速した。この政治的大事件を機に、イタリアでギリシア語を教えたり、写本の筆写を請け負ったりすることで生計を立てようとする亡命者たちが、東から西にどっと流れ込んできたのである。

このようにして、西側でもギリシア語復活の気運が次第に高まった。ところが人文学にとっては皮肉なことに、世の趨勢はホメロスよりも聖書に向かった。たとえば、イタリア・ルネサンスの棹尾を飾る人文主義者デシデリウス・エラスムス(一四六九—一五三六)は、若い頃からギリシア学に心を寄せ、ケンブリッジ大学で講じるほどギリシア語が堪能だった。だが彼は神学に専心し、新約聖書の本文校訂に熱を入れた。ついでながら、活字化された新約聖書のギリシア語テクストを史上初めて刊行した名誉は一般に、エラスムスの『校訂新約聖書』(一五一六年)に帰せられている。

ギリシア古典の再生は、ペトラルカの時代に比べると、たしかに長足の進歩をとげた。しかし、先述のクリュソロラスの『ギリシア語問答集』で学び、同時代の誰よりもギリシア語に精通していたエラスムスでさえ、その修得の難しさに不平を漏らした。この事実から推察されるように、多くの人々は、原典との格闘に汗を流すより、慣れ親しんだ言語でホメロスを読むほうを好んだ。つまり、読みやすいラテン語訳や俗語訳の登場こそ、時代の要請であった。

この需要を先取りするかのように、ギリシア語学の新局面を切り拓いたのは、先述のクリュソロラスである。稚拙な逐語訳ではなく文学的価値の高い翻訳をしなければならない、それが彼のかねてよりの持論であった。この期待にみごとに応えたのが、クリュソロラスの孫弟子にあたるロレンツォ・ヴァッラ(一四〇五―五七)である。ヴァッラは生前、『イリアス』の三分の二をすでに訳していたが、そのラテン語散文訳は彼の没後、弟子によって完成され、一四七四年に公刊されると、たちまちルネサンス期の基準的な訳になった。ラテン語訳である以上、厳密には原典そのものではないが、それでも、中世に出回っていた粉飾だらけの翻案物とは違う。多くの人々は、原典に忠実なホメロス叙事詩に接することができるようになったのである。中世に比べると、格段の前進である。

ところで、この訳書のタイトルはじつに長い。『ラウレンティウス・ウァレンスによってラテン語に訳された、詩人たちのなかでも最も偉大な詩人ホメロスのイリアス(*Homeri Poetarum Supremi Ilias per Laurentium Vallens[em] in Latinum Sermonem Traducta*)』である。当時はしばしばラテン語名も併用されたので、訳者名もロレンツォ・ヴァッラではなく、ラウレンティウス・ウァレンスと表記された。

一五世紀末には他にもいくつかのラテン語版ホメロスが刊行されたが、それらにはヴァッラの訳書と共通する顕著な特徴があった。それは、ホメロスへの讃辞を含んだ書名である。"Homeri Grecorum Poetarum Clarissimi"「ギリシアの詩人たちのうちで最も名高いホメロスの」という言葉が、当時の他のラテン語訳の書名をしばしば飾った。古典古代からのホメロスの威光を伝える慣行である。古代後期や中世に歪曲を蒙ったホメロスだが、このような讃辞をとおして、ルネサンス以降の時代にもその権威が伝えられたのである。

ヴァッラは『オデュッセイア』を翻訳しなかった。そのラテン語訳としては、ペトラルカに届けられたピラートの翻訳がその嚆矢《こうし》となったが、まったくの逐語訳であるうえ、手書きの私家版であった。無名氏による散文訳が一三九八年以前にも存在したが、最初の印刷されたラテン語版『オデュッセイア』は、ラッファエレ・マッフェイの韻文訳(一四九七年)である。ペトラルカが西ヨーロッパ人として初めてホメロスの声を聞いたときから約一三〇年、ようやく、その声がより多くの人々の耳に届く道筋がついたのである。

校本と俗語訳

ラテン語訳の印刷本の普及と軌を一にして、原典テクストのほうも画期的な変化を蒙った。テクストは、それまでもっぱら手写本で細々と伝承されていたが、相次ぐ技術革新のおかげで、ついにホメロス叙事詩の原典テクストも活版印刷本になった。『イリアス』と『オデュッセイア』の校本の最初の印刷本(editio princeps)は、イタリア各地で四〇年間ギリシア語を講じたアテネ出身の学者デメトリオス・カルコンデュレス(一四二三―一五一一)校訂の二巻本(一四八八年)である。フィレンツェで刊行され、パトロンのメディチ家のロレンツォに献呈された。カルコンデュレスはローマ滞在中にベッサリオンの庇護を受けたが、そのベッサリオンの蔵書がサン・マルコ図書館に寄贈されてからちょうど二〇年目のことである。原典へのアクセスの容易さは、そのとき以上に増した。

とはいえ、それを読むにはギリシア語の知識が必要だ。そのため、部数はあまり多くはない。実際、インキュナブラ(一五〇〇年までに活版印刷によって印刷された書籍)の刊行数は、ホメロス叙事詩の浸透度がまだ低かったことを示している。他の著作と比較するとわかりやすい。ギリシア語とラテン語のインキュナブラのトップに君臨するのは、五五二種類の校本があったアリストテレスの著作である。これに次ぐのは、四世紀の文法学者アエリウス・ドナトゥスの文法書四五七種類、キケロの著作三八九種類、ウェルギリウスの詩歌二〇二種類で、ラテンの作家が圧倒的優位を占めた。一方、ホメロス叙事詩は、ギリシア語著作に関する限りではアリストテレスの次に位置するが、ラテン語著作群と比べると桁違いに少なく、わずか二五種類しかなかった。

しかし一六世紀になると、原典の諸写本を照合・校訂する学問研究の発達とあいまって、ギリシア語著作の校本が増加し始める。ホメロス叙事詩の校本も、一五〇四年、一五一七年、一五二四年にヴェネツィアのアルドゥス書店から刊行されたほか、フィレンツェやローマでも刊行された。一五〇四年のアルドゥス版は、『イリアス』と『オデュッセイア』のほか、古代にホメロスの作品と見なされた『蛙と鼠の戦争』、『ホメロス風讃歌』、『ホメロス伝』も含み、このスタイルが後続の校本の手本になった。校本は、古代と同様に、またビザンツでもそうであったように、学校の教育課程に取り入れられ、文化形成の核となった。

これと並行して、ラテン語以外の近代諸語、いわゆる俗語への翻訳も続々と現れる。ただし、初期の俗語訳はたいていの場合、ラテン語版からの重訳であった。たとえば、『イリアス』については、俗語訳の皮切りになったファン・デ・メナの抄訳スペイン語版(一四四二年頃)は、先に言及した『イリアス・ラティナ』が底本であった。ジャン・サムソンの『イリアス』フランス語訳(一五三〇年)は、ロレンツォ・ヴァッラのラテン語訳からの重訳である。しかも、中世に流行したダレスとディクテュスまで加味されていた。こうなると、翻訳というよりも翻案である。初の韻文のフランス語訳は、その一五年後の一五四五年刊のユーグ・サレルの『イリアス』の第一〇歌までの訳で、この底本もおそらくヴァッラのラテン語訳であった。

英語訳は、一五八一年のアーサー・ホールの『イリアス』が最初である。ただし、ユーグ・サレルのフランス語訳が底本であったため、第一〇歌までだった。原典に基づく英語訳は、先述のジョージ・チャップマン訳(『イリアス』抄訳は一五九八年、全訳は一六一一年)が最初である。

一方、『オデュッセイア』の俗語訳は、『イリアス』より出現が遅く、刊行数も少なかった。最初の俗語訳は、ジモン・シャイデンライサーがラテン語訳からドイツ語散文に移したもの(一五三七年)である。スペイン語では、ゴンサロ・ペレの翻訳(一五五〇年)が初訳となった。イタリアでは、『イリアス』韻文訳(一五七一年)を出したルドヴィーコ・ドルチェが、『オデュッセイア』を韻文に訳した(一五七三年)が、両書とも刊行は没後のことである。ドルチェがギリシア語を知っていたかどうかは疑視されている。マンのジャック・ペルティエによる初のフランス語韻文訳(第一—二歌)は一五七四年であった。『オデュッセイア』の英訳は、チャップマン訳(一六一五年)が最初である。

刊本数の増加

以上のような近世初頭の俗語訳によって、『イリアス』と『オデュッセイア』はヨーロッパの文学や芸術に着実に浸透していった。普及の度合いは、両詩の刊本数の増加に如実に反映された。図7は、一四七〇年から二〇〇〇年までの、ホメロス詩篇の印刷本の刊行数の推移を示している。刊行総数は一八世紀中葉から伸び始め、一九世紀中葉以降は飛躍的に増大する。この右肩上がりの成長ぶりには目を見張る。二〇世紀前半に一時激減しているのはおそらく、二度の世界大戦の影響であろう。第二次世界大戦後は戦前の勢いを取り戻し、ふたたび上昇に転じた。

この図では具体的な数値が把握しにくいので、世界中で刊行されたホメロス関連書の一世紀単位の数値を見てみよう(表2)。これはフィリップ・ヤング『印刷されたホメロス』(二〇〇三年)に基づく数値だが、ここに含まれるのは、二大叙事詩の原典校訂本、ラテン語や俗語に翻訳された散文・韻文の抄訳と完訳、さらに子供向けの再話である。古代にホメロス作とされた『蛙と鼠の戦争』や「ホメロス風讃歌」なども加えられている。ただし、研究書のような学術刊行物や、ジョイスの『ユリシーズ』のような翻案作品はカウントされていない。したがって、これらの数字は質の点でも玉石混淆であるが、読み物としてのホメロスが歴史のなかで世界全体に普及していくさまがよくわかる。

一九世紀の後半の刊行数の増加は目覚ましい。その背景には二つの要因が考えられる。一つは、ヨーロッパの教育課程において、古典の習得が知的修養として重視されたことである。当時は、古典的素養が教養の根幹をなし、社会的成功への鍵が古典学習と直結していた。

もう一つの要因は、近代的な子供観の出現である。子供は、一七世紀には、本能に近いまま生きて

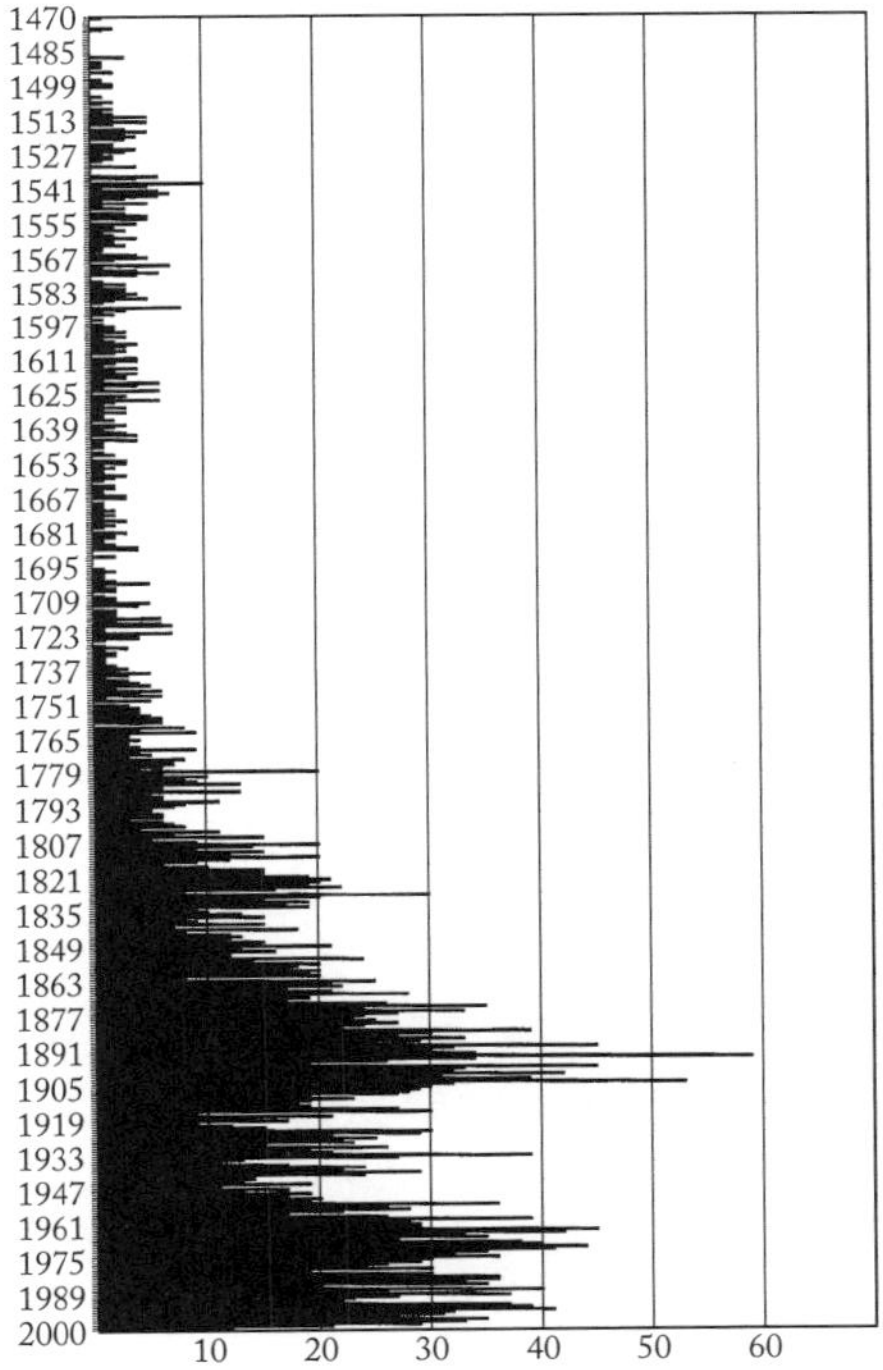

図 7――1470 年から 2000 年までのホメロスの刊本数の推移.（出典：ヤング『印刷されたホメロス』156 頁）

表2　ホメロス印刷本の刊行数(ヤング『印刷されたホメロス』に準拠)

世紀(年)		刊本総数		単年度平均刊本数	
16世紀(1501-1600)		246		2.5	
17世紀(1601-1700)		189		1.9	
18世紀(1701-1800)		455		4.6	
19世紀	(1801-1850) (1851-1900)	704 1,374	2,078	14.1 27.5	20.8
20世紀	(1901-1950) (1951-2000)	1,047 1,552	2,599	20.9 31.0	26.0

いる、理性のない不条理な存在として無視されていた。しかし、都市化の進展や中産階級の成長に伴って、子供の無垢な自然性や内発性が尊重されるようになった。フィリップ・アリエスの『子どもの誕生』によると、人々は一八世紀に子供に関心を抱くようになり、幼児や少年少女のための書物の需要が高まった。一九世紀には、子供は家族のなかで無視できない役割を担うようになり、両親がわざわざ子供に本を買うようになった。ホメロスを子供向けにやさしく語り直した再話が堰を切ったように溢れ出したのは、このような子供観の歴史的転換の結果である。

古代と近代の優劣を論じる

表2のうち、刊行総数が最も少ないのは一七世紀である。一八世紀以降はもとより、前世紀からさえ後退している。その理由はいくつかあるが、「新旧論争」もその要因の一つだ。新旧論争とは、一七―一八世紀の、とくにフランスの文壇で盛んだった議論である。その論点は、古代と近代のどちらがすぐれているかだった。ルネサンス以降、科学の進歩や技術革新、航海術の発展など

によって、世界観は大きく変貌した。さまざまな政治的・軍事的・宗教的な要因も絡みあい、論争は複雑な様相を呈した。だが、ごく単純化してしまうと、ルネサンス以降の古代崇拝の風潮に対する、台頭しつつある近代精神からの反撃の一形態であった。ちょうど二世紀のアンチ・ホメロス現象のように、古典の権威に対する反発という要素が、〝近代派〟陣営には顕著である。

論争は一七世紀になってから表面化したが、ホメロス批判はそれ以前から芽吹いていた。たとえば、古典学の大家で文芸批評の創始者のジュール＝セザール・スカリジェール(一四八四—一五五八)は、ホメロス的なものは滑稽でばかげていると放言していた。彼の『詩論』(没後の一五六一年)はホメロスとウェルギリウスを比較し、後者に軍配をあげた。ホメロスの英雄や神々は粗野で洗練されていない、アエネアスに比べるとオデュッセウスは鼻持ちならないほどうぬぼれが強いと、彼は非難した。独断的な決めつけだが、この「ルネサンスのアリストテレス」の権威には、侮りがたいものがあった。

近代を称揚する進歩派と古代を擁護する保守派の戦端は、一六三五年のフランスのアカデミー総会で開かれた。そして本格的な合戦の火蓋が切って落とされたのは、一六八七年一月二七日のことである。「赤ずきん」や「シンデレラ」を含む『童話集』で有名な詩人のシャルル・ペロー(一六二八—一七〇三)が、この日、アカデミーの集会で朗読した自作の詩『ルイ大王の世紀』のなかで、ホメロスの趣味は低劣だと攻撃した。ペローの意図には王への追従も含まれていたかもしれないが、これが新旧論争の火に油を注いだことは間違いない。

たとえば、『オデュッセイア』第六歌でナウシカアが川で衣服を洗うのは、王女の身分にふさわしくないと、ペローは嘲笑した。洗濯する王女には現代人も違和感を覚えるかもしれないが、ホメロス叙事詩では、身分の高い女性たちも機織りや糸紡ぎなどの労働に普通に従事しているので、これもそれほど突飛ではない。また、絶対王政期と違って、ホメロスの世界の王の支配範囲は小さなコミュニティに限定される。富の大きさや権力の規模も、ルイ一四世のそれとはとうてい比べものにならない。太陽王の時代の基準を古代に当てはめること自体が、時代錯誤というものだ。ペローの攻撃は、ホメロス・ファンには聞き捨てならない偏見だが、当時は、個人的な嗜好の表明として近代派の感覚に訴え、大いに共感を得たのである。

ホメロス叙事詩の直喩

近代派陣営の非難の鉾先は、ホメロス叙事詩に多い直喩にも向けられた。本題から離れがちで長すぎると、近代派は直喩を非難した。ホメロス擁護派は、直喩は読者のための気晴らしだと反論したが、詩が面白ければ気晴らしなど必要ないと、反ホメロス派に一蹴された。

ホメロス叙事詩の直喩の多くは、自然や庶民生活や身近な事物と密接に結びついている。典型的な例は、オデュッセウスが煩悶しながらさかんに寝返りを打つ、次のくだりである(20. 25-30)。

あたかも男が、脂と血を詰めた生贄の胃袋を、燃え熾《さか》る火にかけ、一刻も早く焼き上げようと、右に左にひっくり返すよう、そのようにオデュッセウスは、いかにして単身多数を相手として、恥を知らぬ求婚者たちに、痛撃を加えたものかと思案しつつ、右に左に身を反転していた。

高雅を旨とすべき詩歌に、脂や血や生贄や胃袋といった身体や実生活に直結する語を使うのは下品だというのが、おそらく反古代陣営の美意識だったのであろう。しかし、その文学的効果はどうか。この直喩は、復讐にはやる彼の焦燥感をじつに直截に伝える。空腹に耐えられない人間の胃袋という詩篇の主題の一つをも、読者に想起させる。悪趣味どころか、躍動感に満ちた鮮烈な比喩である。

純白の雪景色とペネロペの美貌を瞬時に想起させる、次のような直喩もある(19. 205-209)。

妃の目から涙がこぼれ落ち、顔は涙に溶けんばかり——山の背に西風の積もらせた雪が、南の風にほどけて溶けるよう、河々は雪解けの水を満々と湛《たた》えて流れ行く——そのように、目の前の夫をそれとは知らず、その身の上を悲しんで、流す涙に美しい頬は溶けんばかりであった。

雪は、ペネロペの肌の白さを連想させる。雪の降る冬は夫の不在を、満々たる雪解け水は夫を待つ妻の悲哀の深さを暗示する。これほど生き生きとした表現でさえ、一七世紀の高尚な貴族趣味には卑俗で耐え難いものと感じられたようだ。

もちろん、古代擁護派も黙っていたわけではない。反論を試みたが、功を奏したとは言いがたい。最も果敢に反撃した人物は、ダシエ夫人こと、アンヌ・ルフェーヴル・ダシエである。彼女はホメロス叙事詩を高潔な荘重さをたたえる魅力的なフランス語に訳したことで知られる。ダシエ夫人の『イリアス』(一六九九年)と『オデュッセイア』(一七〇八年)の高雅な仏語訳は、フランス文化のみならず、英語圏にも影響を及ぼした。有名なアレキサンダー・ポープの英訳(『イリアス』一七一五―二〇年、『オデュッセイア』一七二五―二六年)を生み出す契機になったのである。

フェヌロン『テレマックの冒険』

反ホメロスの嵐が吹き荒れるなかで、『テレマックの冒険(*Les Adventures de Télémaque*)』という本歌取りが現れた。父ユリース(オデュッセウスのフランス語形)を探す旅に出たテレマック(テレマコス)が、地中海各地を放浪しながら多くの艱難辛苦《かんなんしんく》を乗り越え、故郷で父と再会する直前までを描く小説である。作者のフランソワ・フェヌロン(一六五一―一七一五)は古典に造詣の深い高位聖職者で、新旧論争では中立を守った。ルイ一四世の孫にあたるブルゴーニュ公ルイの傅育係をつとめたことが、『テレマックの冒険』誕生のきっかけになった。執筆の本来の目的は、王位継承者の道徳的教化にあった。一六九四―九六年頃に執筆された『テレマックの冒険』が、一六九九年に著者の名を伏せて刊行されると大人気を博し、この年だけでも二〇版を重ねた。正式な出版は作者の没後、一七一七年である。海賊版も出回るほどのベストセラーになったのは、ルイ一四世への批判が含まれていたためである。ルイ一四世は後に、「侵略戦争と造営を好みすぎた」と曾孫への遺言のなかで自己批判したほど、好戦的で贅沢三昧にふけった。王孫の善導を意図したこの帝王学指南書が、そのような王を批判するのも当然であろう。

フェヌロンはテレマコスの放浪という枠組みを借りて、理想的な国家と指導者像を示す一方で、現実の宮廷に渦巻く欲望や奢侈、悪徳、専制君主の失政などを非難した。その非難は、『テレマックの冒険』の少し前に彼が書いた『ルイ一四世への手紙』——王がこれを読んだかどうかは不明——ほど、痛烈ではない。『テレマックの冒険』での王への批判は、ほのめかしや当てこすり程度にとどまっている。しかしそれでも、ルイ大王の忌憚《きたん》には触れたが、民衆は大歓迎したのだった。

テレマコスがスパルタを発《た》って帰国するまでの経緯を、『オデュッセイア』はあまり語っていない。フェヌロンはこの空隙を活用して、未熟なテレマックがすぐれた統治者候補に成長する過程を描いた。アテナ女神がマントール(ギリシア語ではメントル)の姿で彼に随行し、指導的役割を果たすという点では、元歌を忠実に踏襲した。しかしホメロスのメントルは、ピュロスまでは付き添うがスパルタには同行せず、その後も第二二歌まで登場しない。他方、フェヌロンのマントールは、テレマックにたえず影のように寄り添う。最初のカリプソ(カリュプソ)の島から最後のフェアシ人(パイエケス人)の島まで、彼はほとんどつねに同行して、父ユリースを模範と仰いで行動せよと諭し、ときには叱責するのである。

フランス文学におけるこの最も代表的な『オデュッセイア』変奏曲は、ジャン゠ジャック・ルソー(一七一二—七八)にも刺激を与えた。『エミール』(一七六二年)で、後にエミールの妻となるソフィーは『テレマックの冒険』を唯一の愛読書とし、理想の男性としてテレマックに憧れる。ソフィーとエミールが互いを意識しあうのは、この本が話題に上ったときである。そして、すでに『オデュッセイア』を読んでいたエミールは、ソフィーのこの愛読書を熟読することになる。

余談ながら、『テレマックの冒険』が日本に紹介されたのは驚くほど早い。文明開化から間もない明治一二―一三(一八七九―八〇)年には宮島春松訳『欧州小説 哲烈禍福譚《てれまくくわふくものがたり》』が、明治一六(一八八三)年には井沢信三郎訳『鉄烈奇談経世指針《てれまつくきだんけいせいししん》』が刊行された。

ホメロス問題とミルマン・パリーの画期的発見

さて、一八世紀以降に目を転じると、「ホメロス問題」の顕在化が大きなトピックになる。これは広義には、「ホメロス叙事詩はいかにして成立したか、ホメロスとは誰か」をめぐる議論である。狭義には、「『イリアス』と『オデュッセイア』を作ったのは一人の詩人かそれとも複数の詩人か」という問題である。一九―二〇世紀の研究者たちは、この問題をめぐって長く論争を続けた。「ホメロス問題」はやや専門的な議論で、かならずしも広範な関心を呼ぶ話題ではないが、ホメロス叙事詩は本来口誦詩であったという現代の定説に関係するので、簡単に触れておきたい。

「ホメロス問題」の根底には、ホメロス叙事詩は文字によって創作されたのではないという主張がある。この主張は、ユダヤ人の歴史家フラウィウス・ヨセフス(三七/三八―一〇一頃)の『アピオンへの反論――ユダヤ民族の古さについて』まで遡る。ヨセフスはホメロス学者アピオンへの反論として、ユダヤ人のほうがギリシア人より早く文字を知っていたと主張し、ホメロスの識字を否定した。

ヨセフスの主張は一六世紀末に注目され始め、一八世紀には、新旧論争で近代派陣営に与《くみ》したドーヴィニヤック師ことフランソワ・エドラン(一六〇四—七六)が、『「イリアス」に関する学究的推論あるいは論考』(執筆は一六六四年頃、刊行は没後の一七一五年)という小冊子で、ホメロス問題に先鞭をつけた。その後、イタリアの哲学者ジャンバッティスタ・ヴィーコ(一六六八—一七四四)が、ホメロスは観念上の詩人にすぎず、物語の集成者もしくは編纂者の名前であり、両叙事詩は民族全体の文化的産物であると断じた(『新しい学』第三巻「真のホメロスの発見」一七二五年)。ルソーもまた、没後刊行された『言語起源論』(一七八一年、脱稿は一七六一年頃)で、ホメロス叙事詩は元々は人々の記憶のなかにしかなかったが、後代に文字化・集大成されたと論じた。イギリスの政治家ロバート・ウッド(一七一七—七二)もまた、『ホメロスの独創的天才と著作に関する随筆』(一七六九年)でホメロスの識字を否定し、両詩篇は口頭で伝承されたと主張した。彼らはこぞってホメロスという詩人の実在を否定したものの、説得的な根拠に基づいたものではなかった。

その学問的な根拠の探求、すなわち写本の精査や詩篇をめぐる諸証言の綿密な検討は、『イリアス』の中世写本「ヴェネトゥスA」(八四頁の図6および一〇四頁参照)の公刊がきっかけで本格化した。フランスの学者ダンス・ド・ヴィロワゾン(一七五〇—一八〇五)は、この写本に記載されたスコリア(古注)が『イリアス』の原型の復元を容易にすると考えて、一七八八年にこれを刊行した。しかし、ドイツの文献学者フリードリヒ・A・ヴォルフ(一七五九—一八二四)は、これと正反対の論を『ホメロス序説(*Prolegomena ad Homerum*)』(一七九五年)で展開した。彼はこの写本の公刊に触発されてテクスト伝承を綿密に精査した結果、古注はかえって復元を不可能にするという結論に至ったのである。ヴォルフの説を簡潔に言うと、叙事詩は元来、小規模な詩の集合体であり、現在の形になるまでには、何人もの詩人や編纂者の手が加わったというものであった。

『ホメロス序説』は、近代のホメロス問題論争の直接的な引き金になった。というのは、ヴォルフ以降、現行テクストから二つの層を選別する作業が始まったからである。つまり、最初に作られた核となる「真正」の部分と、後代の詩人や編集者が挿入・付加・修正した「不純な」部分の識別が重要課題になったのである。実際、両叙事詩には反復的表現や矛盾が多い。反復を冗長で無駄な繰り返しと見なし、矛盾を後代のへぼ詩人の不手際のせいだと考えるのが、分析論と呼ばれる立場である。それに対して、反復は無意味な重複ではなく、矛盾に見える部分もじつは不整合ではないというのが、統一論の立場である。ホメロス問題をめぐる両者の議論は、約一五〇年も平行線をたどった。

この論争を終わらせたのが、第二章四四頁で紹介した研究者ミルマン・パリーである。現在の定説の根拠となった口誦詩理論は、パリーの画期的な発見に負う。文字の助けを借りずに長大な詩を生み出すメカニズムを、彼は次のように説明した。

ホメロス叙事詩では、「足の速いアキレウス」、「堅忍不抜の勇士オデュッセウス」、「賢明な妃ペネロペイア」のような修飾語が頻繁に用いられる。定型句と呼ばれる決まり文句である。彼は定型句と韻律（長短格六脚韻）の関係の精緻な分析から、定型句はつねに韻律上の一定の位置に置かれるという法則を見いだし、『イリアス』と『オデュッセイア』は、多くの定型句の広範かつ経済的な組み合わせによって秩序正しく成り立っていると主張した。それらは文字によらない即興的な口誦から誕生し、口承をとおして何百年も伝えられ、その過程で淘汰を繰り返しながら成長した。ホメロスという一人の天才詩人の作品ではなく、長い伝統の産物であり、長期的発展の最終的成果が現在のテクストである。

パリーのこのような口誦詩理論の出現によって、分析論と統一論の論争は終わった。とはいえ、ホメロス問題が根本的に解明されたわけではない。いつ、どのように文字化されたかなど、未解明の問題はまだ山積している。

近代ドイツとホメロス

「ホメロス問題」から二〇世紀初頭まで少し先走ったが、近代ドイツにおける古典受容について一瞥しておかなければならない。ドイツでは、他の西欧諸国よりかなり遅れて、一八世紀中葉になってから古典が復興した。ラテン語文化の末裔で政治的・文化的に優越していたフランスに対する反発もあって、当時のドイツは、とくにギリシア古典を高く評価した。ネオヘレニズム(新しいギリシア中心主義)という熱狂的な古代ギリシア崇拝が近代ドイツを席巻し、古典主義とロマン主義に大きな影響を及ぼした。

その先駆けは、美術史家ヨハン・J・ヴィンケルマン(一七一七―六八)であった。「美はギリシアに近づけば近づくほど増す」というヴィンケルマンの言葉に象徴される古代ギリシア美術への敬意は、ギリシア古典全体に対する憧憬を生み出した。先述のヴォルフの『ホメロス序説』や、ハインリッヒ・シュリーマンによるトロイアとミュケナイなどの発掘(一八七〇年代)も、文化史的にはこの潮流の一環として位置づけられる。

ホメロス叙事詩は一七七〇年代には、ドイツのブルジョワ階級のプロテスタント教育に浸透し、ヨハン・H・フォスが韻文ドイツ語に翻訳した『オデュッセイア』(一七八一年)と『イリアス』(一七九三年)は、ドイツ文学に新たな刺激を与えた。ホメロス叙事詩はヘルダーやゲーテ、シラー、フンボルト、ヘルダーリンといった当時の文壇の大御所にも大きな影響を与えたが、不思議なことに、ホメロスを直接的なモデルとする文学作品は生まれなかった。

たとえばヨハン・ヴォルフガング・フォン・ゲーテ(一七四九—一八三二)は、二一歳でヨハン・G・v・ヘルダーに出会って以来、ホメロスに魅了され、たちまち翻訳なしで原典が読めるほどになった。『若きヴェルテルの悩み(*Die Leiden des jungen Werthers*)』(一七七四年)の主人公は、誕生日に届いた小型のホメロス本を散歩にも携え、それを読んではホメロスの世界に浸る。それは、まさにゲーテ自身の姿でもあった。

この出世作で『オデュッセイア』は大きな役割を演じるが、ホメロスに啓発されて書かれた完成作品はゲーテにはない。『ヘルマンとドロテーア(*Hermann und Dorothea*)』(一七九七年)は、主題や内容よりもむしろ、同一人物に対する同一形容語の反復的使用や韻律の応用などの形式面でホメロスを意識した叙事詩である。『アキレウス物語』や戯曲『ナウジカア』のような、ホメロスに題材を求めた創作の試みは、ゲーテの場合、どれも未完に終わった。ギリシア讃美の風潮のなかでホメロスに傾倒した文豪であるだけに、大胆な再構築作品がないのは不思議でならない。

『オデュッセイア』の時代の到来

ところで、一―二頁で触れたように、『イリアス』と『オデュッセイア』は古代から同じ評価を受けていたわけではない。引用頻度は作品の受容度を判断する一つの基準だが、現代とさほど違いのないテクストを読んでいた一―二世紀の代表的な知識人たちは、『オデュッセイア』より『イリアス』をはるかに頻繁に引用した。

写本の数も評価の指標であるが、この点でも『オデュッセイア』のほうが少ない。両叙事詩の写本は、他の詩人や著述家の作品の写本より格段に多い。しかし、『イリアス』と『オデュッセイア』の現存写本数を比較すると三倍ほどの差があり、前者は二〇〇冊以上残っているのに対して、後者は七〇冊余りしかない。この違いは、古代と中世における両詩の評価の高低を如実に反映する。現代まで生き延びた写本の数は、中世写本の総数にほぼ比例するからである。一五世紀中葉に活版印刷が実用化されるまでは、文字を手で書き写すのが唯一の書籍生産方法であったため、現存写本は、偶然運よく残ったというよりもむしろ、意図的な取捨選択を経て残ったのである。言うまでもなく、需要の多い作品のほうがこの関門を通過する確率は高い。

このように『イリアス』と比べると古代から影の薄かった『オデュッセイア』だが、形勢が逆転し始めたのは、ほんの一〇〇年ほど前のことである。この転換の記念碑的作品が、第一章で述べたようにジョイスの『ユリシーズ』なのである。一九世紀までの常識では、ホメロスと言えば即ち『イリアス』のことだったが、『ユリシーズ』以降、『オデュッセイア』が叙事詩の模範になったのである。

何がこのような逆転を生んだのだろう。要因はいくつもあるはずだが、注目したいのはヴァンダ・ザイコという研究者の指摘である。彼女によると、第一次世界大戦が転換の契機になったという。

人類初の世界大戦は、戦争についての人々の観念を一変させた。銃や銃剣、大砲などの兵器は、それ以前から戦場で使われていたが、この未曾有の大戦では、より近代的な戦車や飛行機が初めて登場した。催涙ガスや毒ガスなどの、戦争史上初の化学兵器も本格的に投入された。国民総動員体制下で召集され、最前線に送り込まれた兵士たちは、質・量ともに古代の戦さとは比較にならないほど大規模になった近代戦に投げ込まれ、戦死者の数は何百万人にも達した。

一方、印刷技術の発達や学校教育の普及は、ホメロス叙事詩の知識のある人々を数多く生み出していた。この大戦には、古典教育を受けたエリート青年であれ、母語に訳されたホメロスを読んだ中産階級や労働者階級の若者たちであれ、多くの若者が動員された。右に記したような近代戦の体験によって、彼らの脳裏にあった『イリアス』的な戦争イメージは崩壊していった。

『イリアス』には多くの一騎打ちが描かれる。なかには、まず長々と対戦相手と挨拶を交わし、決着がつかないまま日没になると、相手の力量を互いに評価しあって、後日の再戦を約束して贈物を交換するというようなものもある。『イリアス』では、英雄の死はそれぞれに個性的な筆致で描かれ、戦場で勲功を立てた勇士は最高の栄誉を得た。近代戦との違いは大きい。かたや『オデュッセイア』は、秩序と平和の回復に向かう物語である。たしかに、求婚者やその遺族との戦いも含まれるが、最後は、神による停戦宣言で終わる。多くの戦闘場面を描き、勇気と武力を重んじる『イリアス』とは、異質な作品である。この点を考慮に入れると、過酷な近代戦に心身ともに傷ついた人々が『イリアス』よりも、最終的に平和を目指す『オデュッセイア』に惹かれるようになったのも理解できるような気がする。

第一次世界大戦中には、戦争を主題とする詩が何篇も書かれた。大戦終結の一週間前に、二五歳の若さで戦死したイギリスの詩人ウィルフレッド・オウエン(一八九三―一九一八)も戦争詩を残した。次に引用する「甘美でうるわしい」という詩は、戦いを美化する古代の言辞を「古い大嘘」と告発した(中元初美訳)。ただしオウエンの念頭にあったのは、『イリアス』ではなく、ホラティウスの「祖国のために死ぬことは甘美でふさわしい」という『カルミナ(歌章)』の一節(3. 2. 13)である。

友よ、よもや君は意気高揚して言いはしまい
栄光とやらが欲しくてたまらない命知らずの子供たちに
あの古い大嘘を、甘美でうるわしい
祖国のために身を捧ぐは、と。

『イリアス』の主人公は、抜群の身体能力と武力によって、ギリシア軍随一の勇士という名声を獲得し、戦場の露と消えた。そのアキレウスとは違って、機略縦横のオデュッセウスは狡猾な頭脳派である。アキレウスのような激しい怒りに任せた行動を取ることはない。冷静沈着かつ用意周到なオデュッセウスは放浪から多くのことを学び、自制と忍耐によって困難を乗り越えた。二大叙事詩の主人公はまったくタイプの異なる英雄である。二人は古代以来、「力の英雄」対「知恵の英雄」として、しばしば対比された。だからこそ、人類初の世界大戦を体験した二〇世紀初頭に、脚光を浴びる機会がオデュッセウスにも巡ってきたのかもしれない。『オデュッセイア』の評判の高まり自体は喜ばしい。だが、その転機になったのが第一次世界大戦だったなら、そのために贖《あがな》われた血の量はあまりにもおびただしい。

最初に紹介したように、オデュッセウスはパラメデスの計略に乗せられたために、トロイア遠征に加わることになった。狂気を装ったのは、戦争への参加を拒むためであった。戦争が常態であった古代ギリシアには、戦場における勇気を尊ぶ気風があった。ギリシア語の「勇気」(ἀνδρεία andreia アンドレイアー)は、「男」(ἀνήρ アネール。語幹は ἀνδρ- andr-)と語源を共有し、「男らしさ」という意味もある。そういった気風のなかでは、オデュッセウスの戦争拒否行動は、古代の人々からは全面的な共感を得られなかったのかもしれない。

戦場で勇敢に戦うことを是とする倫理観は、今でもある。しかし、第一次世界大戦の頃に『ユリシーズ』を書いていたジェイムズ・ジョイスを思い出そう。オデュッセウスを「完全な、立派な」人として敬愛し、「良心的戦争反対者」と呼んだ以上、ジョイスはこの英雄の戦争拒否も肯定的に評価したと考えてよいだろう。そして自身も、この大戦での兵役を避けて中立国スイスにのがれたのだった。この英雄に寄せたジョイスの共感は、彼自身の戦争に対する複雑な思いの投影でもあったのではなかろうか。

『オデュッセイア』という詩篇の歴史的航海を『ユリシーズ』からたどり始めた本書も、古代、中世、ルネサンス、近代を経て、ふたたび現代に戻ってきた。これより先は、この作品そのものを眺めることとしよう。

第II部
作品世界を読む

言葉《エポス》の海へ漕ぎ出す

第一章　物語のあらまし

矛盾した言い方に聞こえるかもしれないが、『オデュッセイア』は単純であり、かつ複雑でもある。実際に読み始めると、主人公が各地を放浪したことはすぐにわかるが、彷徨の道筋は錯綜している。帰国後、乞食に身をやつした主人公は、弓競技をきっかけに求婚者たちを殺し、その後、妻や父と再会する。この大すじも容易に理解されるが、似たような人物やできごとが多く、読者はしばしば混乱を覚える。

構成は一見、入り組んでいるようだが、複雑そうな表層の背後には、簡潔な美が潜んでいる。隠れた秩序や統一性が見えてくると、この詩篇のみごとさと豊かさに感嘆する。それを実感する最良の方法は、この詩篇を実際に読むことである。へたな解説など不要だ。それは百も承知だが、それでもやはり、多くの方々に『オデュッセイア』に親しんでいただきたい。そこで第二部では、この詩篇の魅力を語りたい。

この章では、まず物語の流れをやや詳しくたどる。プロローグであらすじを述べたが、その骨格にもう少し肉付けをする。『オデュッセイア』の初心者はここから始めるとその先も読みやすくなるが、熟知している方はスキップしてくださっても構わない。詩篇のみごとな構成については、次の章で扱う。詩篇を読んでから第二章をゆっくり眺めれば、その構成がよりわかりやすくなる。これらの章を水先案内として、それぞれの『オデュッセイア』探検の旅に出かけてくださることを願う。

『オデュッセイア』は二部構成

『オデュッセイア』は『イリアス』と同じく、二四歌に分けられている。すでに触れたように、ヘレニズム時代にギリシア語のアルファベットの数と等しい二四に分割された。最も長い巻は八四七行からなる第四歌、最も短い巻は三三一行からなる第六歌である。各巻の長さはまちまちだが、内容面では、これも何度か述べたように、放浪中心の前半と、帰国後の復讐中心の後半とに二分できる。それぞれの導入部はよく似ている。まず、冒頭の序歌はこう始まる(1. 1-6)。

ムーサよ、わたくしにかの男の物語をして下され、トロイエ(トロイア)の聖なる城を屠《ほふ》った後、ここかしこと流浪の旅に明け暮れた、かの機略縦横なる男の物語を。多くの民の町を見、またその人々の心情をも識《し》った。己が命を守り、僚友たちの帰国を念じつつ海上をさまよい、あまたの苦悩をその胸中に味わったが、必死の願いも空しく、僚友たちを救うことはできなかった。

原文の最初の四語(Ἄνδρα μοι ἔννεπε, Μοῦσα)は逐語的に、「男を私に語ってください、ムーサよ」と訳せる。冒頭の ἄνδρα は、「男、勇士、夫」という多義的な意味を持つ語(単数対格形)である。この語は無冠詞であるから、「男」はかならずしも特定の人物と結びつくわけではない。人間一般を指す可能性も含んでいる。

この点では、『イリアス』の冒頭と対照的である。叙事詩の序歌は一般に、詩歌の女神ムーサへの祈りを含み、詩篇全体の主題を提示する。「怒りを歌え、女神よ、ペレウスの子アキレウスの」(*Il.* 1. 1)と始まる『イリアス』の序歌も、この二つの要素を満たしている。原文を語順どおりにたどると、「怒りを歌え」とまず主題が示され、女神への呼びかけが続く。主人公の名は、その直後に告げられる。だが『オデュッセイア』では、序歌の末尾の二一行目まで伏せられている。

無冠詞によって不特定の人物の可能性を示唆しながらも、この男の人物像は、次の行から明らかにされていく。すなわちトロイアを陥落させ、海上をさまよったこの「機略縦横」の男は、多くの苦悩を味わった。序歌があげる主人公の特性は、「戦争、放浪、知恵、苦悩」の四つである。

これらの要素は、詩篇後半部にも見いだされる。次の引用は、主人公が流浪の最終地点(パイエケス人の島)から一路、故郷に向かう船に乗り込んだときのようすである(13. 88-92)。

こうして船は、その叡知は神にも劣らぬ男を乗せ、矢の如く走って海の波を切ってゆく。これまで人を相手の戦いや苦しい海の波浪をくぐり抜けつつ、その胸中に数知れぬ苦悩を味わった男も、今はこれまで蒙った苦難を悉く忘れて安らかに眠っていた。

主人公の名はここでも告げられない。代わりに、「その叡知は神にも劣らぬ男」と表現される。「男」というまったく同じ語(ἄνδρα, 13. 89)が、序歌と同じく無冠詞の同じ語形で、やはり行頭に置かれている。「人を相手の戦いや苦しい海の波浪」は戦争と放浪への言及である。彼は苦悩も味わった。つまり順序は違うが、ここでも彼の特徴は「戦争、放浪、知恵、苦悩」である。冒頭と類似の措辞によって同一の属性を表明するこの個所は、詩篇後半の幕開けを告げる第二序歌である。

導入部の形式はこのように似ているが、内容的には、前半と後半は対照的である。まず時間の点では、物語全体は四一日間のできごとを扱い、その四分の三以上にあたる三三日間を前半が占める。主人公の一〇年間の漂泊は過去の回想として処理されるため、回顧談自体に要する物語内の時間は一日弱である。他方、後半が語るのは、残りのわずか八日間のできごとである。次に、空間面でもコントラストが見られる。前半では、主人公の移動とともに物語の舞台がたえず変化するが、後半の舞台はイタカに限定される。第三に、行動原理が逆転する。前半では、主人公は自身と仲間たちの帰国を願い、味方の生命の保全に腐心した。だが後半では、敵(求婚者たち)の生命の剝奪を画策する。

前半の彷徨と後半の復讐という異なる二つの主題は、どうつながるのか。結論を先取りするならば、前半がなければ後半が成立しないほど、両者の結びつきは緊密で有機的である。この相互関係の説明は紙幅を要するため、第三章に譲る。

詩篇の構成を一覧表にまとめた(表3)。主題に注目すると、前半も後半も各々さらに三つに細分化される。そこで以下では、四巻ごとのユニットを追っていく。ときおり表3をご参照いただきたい。

父の消息を求める息子の旅——前半第一部第一歌から第四歌

前半第一部では、前半全体をカバーする大きな枠組み(主人公の放浪の旅)のなかに、父オデュッセウスの消息を求める息子テレマコスの旅がはめ込まれている。この入れ子細工の部分が、第一歌から第四歌の「テレマコス物語」である。

第一歌の舞台は、イタカの王館。若いテレマコスには、横柄な求婚者たちを抑える力はまだない。困惑するこの青年の前に、女神アテナが異国の王メンテスの姿で現れて、集会を開いて民衆の援助を仰ぐよう忠告する。

第二歌の集会で、テレマコスは勇気を出して人々に窮状を訴えたが、ペネロペの機織りの計のことで求婚者たちから逆襲を浴びた。すなわち、ペネロペは義父ラエルテスの棺衣を織り上げれば求婚に応じると約束しながら、昼は布を織り、夜はほどいて、三年間も自分たちを欺いてきた、だから彼女が再婚相手を選ばない限り、館を立ちのく気はないと、彼らはペネロペを非難した。集会後、意気消沈するテレマコスの前に、一家の旧友メントルの姿でアテナがふたたび現れる。そして、知謀豊かな父を手本とするよう彼を励まし、船を準備する。彼は勇気を得、母には何も告げずに、父の消息を求

『オデュッセイア』の構成

<table>
<tr><th colspan="3">物語展開のおもな舞台</th><th>物語内での時間経過</th><th>主人公の居場所</th></tr>
<tr><td>第 1 歌</td><td colspan="2" rowspan="2">イタカ</td><td>1 日目(1. 26-444)</td><td rowspan="9">カリュプソの島
〜海上</td></tr>
<tr><td>第 2 歌</td><td>2 日目(2. 1-434)</td></tr>
<tr><td>第 3 歌</td><td colspan="2">ピュロス</td><td>3 日目(3. 1-403)
4 日目(3. 404-490)</td></tr>
<tr><td>第 4 歌</td><td colspan="2">スパルタ</td><td>5 日目(3. 491-4. 305)
6 日目(4. 306-847)</td></tr>
<tr><td>第 5 歌</td><td colspan="2">カリュプソの島〜海上</td><td>7 日目(5. 1-227)
8〜11 日目(5. 228-262)
12〜28 日目(5. 263-278)
29〜30 日目(5. 279-389)
31 日目(5. 390-6. 47)</td></tr>
<tr><td>第 6 歌</td><td colspan="2" rowspan="3">パイエケス人の島</td><td rowspan="2">32 日目(6. 48-7. 347)</td><td rowspan="7">パイエケス人の島</td></tr>
<tr><td>第 7 歌</td></tr>
<tr><td>第 8 歌</td><td rowspan="5">33 日目(8. 1-13. 17)</td></tr>
<tr><td>第 9 歌</td><td colspan="2">キュクロプスの島</td></tr>
<tr><td>第 10 歌</td><td colspan="2">キルケの島</td></tr>
<tr><td>第 11 歌</td><td colspan="2">冥界</td></tr>
<tr><td>第 12 歌</td><td colspan="2">キルケの島〜太陽神の島</td></tr>
<tr><td>第 13 歌</td><td colspan="2">パイエケス人の島〜イタカの海辺</td><td>34 日目(13. 18-92)</td><td rowspan="12">イタカ</td></tr>
<tr><td>第 14 歌</td><td rowspan="11">イタカ</td><td rowspan="3">豚飼いエウマイオスの小屋</td><td>35 日目(13. 93-15. 43)</td></tr>
<tr><td>第 15 歌</td><td>36 日目(15. 44-188)
37 日目(15. 189-494)</td></tr>
<tr><td>第 16 歌</td><td>38 日目(15. 495-16. 481)</td></tr>
<tr><td>第 17 歌</td><td rowspan="7">オデュッセウスの館</td><td rowspan="3">39 日目(17. 1-20. 90)</td></tr>
<tr><td>第 18 歌</td></tr>
<tr><td>第 19 歌</td></tr>
<tr><td>第 20 歌</td><td rowspan="4">40 日目(20. 91-23. 346)</td></tr>
<tr><td>第 21 歌</td></tr>
<tr><td>第 22 歌</td></tr>
<tr><td>第 23 歌</td></tr>
<tr><td>第 24 歌</td><td>父ラエルテスの農園</td><td>41 日目(23. 347-24. 548)</td></tr>
</table>

表3

	物語の進行	主　　　題
前半	第1歌～第4歌（前半第1部）	息子の旅（テレマコス物語）
	第5歌～第8歌（前半第2部）	島での滞在とそこからの脱出（最後の二つの逗留地）
	第9歌～第12歌（前半第3部）	父の旅（放浪回顧談）
後半	第13歌～第16歌（後半第1部）	父と子の帰還と再会，復讐計画
	第17歌～第20歌（後半第2部）	客への侮辱（求婚者たちの暴虐）
	第21歌～第24歌（後半第3部）	弓競技
		求婚者誅殺
		夫と妻の再会
		子と父の再会

めて旅に出る。

第三歌はピュロスで展開される。ピュロスを治めるのは、かつてオデュッセウスとともに戦った長老ネストルである。テレマコスはメントル(アテナ)とともに彼の館を訪れ、盛大な歓待を受ける。しかし肝心の父の消息についての情報はそこでは得られず、ネストルの忠告に従ってスパルタに向かう。

第四歌でテレマコスは、スパルタ王メネラオスと王妃ヘレネにもてなされ、父がカリュプソの島にいることを教えられる。一方、イタカでは、彼の出立を知った求婚者たちが暗殺を企てている。

以上が「テレマコス物語」の概略だが、これには三つの機能がある。一つは、父子の相似形のような共通体験である。テレマコスは父と同じように海を渡る。それをとおして、父親の人物像を知り、すぐれた英雄の子であることを自覚する。海上遍歴が主人公の人格を陶冶するように、息子の旅も彼を精神的に成長させるのである。

二つ目の機能は、主人公の不在状況の創出である。その名が冒頭でしばらく伏せられたように、姿も前半第一部でずっと隠される。しかしピュロスでもスパルタでも、その場にいない主人公がつねに話題の中心を占めることによって、不在はかえって存在感を増す。興味深いのは、『イリアス』も同じような逆説的な状況設定をとっていることである。アキレウスがギリシア軍の総大将アガメムノンとの諍いによって戦線を退くと、彼の思惑どおり、ギリシア軍は敗退と苦境に苦しみ、彼の復帰を切望する。アキレウスもまた、不在ゆえにその存在への渇望が生み出される主人公である。

このように、逆説的状況という共通点によって両叙事詩は結びあわされるが、それとは別のしかたで『イリアス』との連結を図るのが、「テレマコス物語」の第三の機能である。テレマコスは訪問先でつねに、父がすぐれた勇士であったことを聞く。オデュッセウスと戦争の関わりについて、序歌は「城を屠った」としか告げなかったが、陥落に果たした彼の功績は、「テレマコス物語」で具体的に明かされていく。ネストルやメネラオスやヘレネの思い出話をとおして、息子が父について学ぶように、聴衆(読者)もまた、主人公の人物像を徐々に知る。「テレマコス物語」は過ぎ去った戦争の記憶をたぐりよせ、『イリアス』の英雄世界と『オデュッセイア』をつなぎ合わせる。未来に向かうこの新しい歌は、過去への橋渡しから始まるのである。

孤独な主人公——前半第二部第五歌から第八歌

待ちに待った主人公オデュッセウスは、第五歌でようやく姿を現す。しかし、先の四つの巻で繰り返し語られた輝かしい勇士の姿ではない。難攻不落の城を落として戦士たちを戦争から解放した英雄どころか、見るも哀れな囚われ人である。その姿には、息子が聞いた父の栄光のかけらもない。前段との落差が大きければ大きいほど、人生のどん底で泣き暮らすオデュッセウスの失意と惨めさがいっそうきわだつ。聴衆(読者)の意表を突くこの仕掛けは物語への関心をかき立てる。

図 8——アルノルト・ベックリン「ユリシーズとカリュプソ」, 1883 年, バーゼル, バーゼル美術館. (Impelluso, p. 710)

主人公は孤島に拘留され、女神からの求婚を拒みながら、望郷の念ゆえに泣き暮らしている(図 8)。このいささか衝撃的な登場から第八歌までの前半第二部は、全部で一二の冒険のうち、最後から二番目の逗留地(カリュプソの島)と、最後の訪問地(パイエケス人の島)を扱う。すなわち、彼はカリュプソから解放されて手作りの筏《いかだ》で島を発つが、たちまち海神ポセイドンの目に留まり、嵐に苦しめられる。難破した主人公は、海の女神レウコテアの援助でかろうじて命拾いし、パイエケス人の島に漂着する(第五歌)。翌朝、アテナ女神の計らいによって、王女ナウシカアが川に洗濯に来る。そこで彼女に出会った主人公は、助けを願い出て、王宮の近くまで案内される(第六歌)。

その先、王宮までは少女に扮したアテナに導かれ、主人公はパイエケス人の王と王妃の前に進む。『オデュッセイア』では、まず客に食事を供し、その後に客の名や出身地を尋ねるのが礼儀である。そこで食事の後、王妃が素姓を質《ただ》すが、この段階では、彼はまだ名前を明かさない。海上漂泊の一部(カリュプソの島からパイエケス人の島への漂着)について語るのみである(第七歌)。

パイエケス人の歓待は第八歌にも続く。楽人デモドコスが宴席に呼ばれ、トロイア戦争について歌う。それを聴くうちに、主人公はひそかに涙する。それに気づいたアルキノオス王は、戸外で運動競技会を催し、その後、楽人がふたたび歌う。軍神アレスと美の女神アプロディテの密通の物語である。さらに、オデュッセウスのリクエストで木馬の計が歌われる。それを聴いた主人公はまたもや涙を流す。王はついに彼の涙の理由と素姓を尋ね、それがきっかけとなって、次の前半第三部が始まる。

冒険を語る——前半第三部第九歌から第一二歌

話がだいぶ進んだので、このあたりで、主人公の所在地と滞在時間を確認しておこう。表3の右端の欄にあるように、第一歌から第五歌半ばまではカリュプソの島に、第六歌から第一三歌の初めまではパイエケス人の島にいる。カリュプソの島には七年いたが、それほど長いという印象はない。それは、一つには、「私は隠す」を意味する女神カリュプソによって、彼が故郷の人々からも聴衆(読者)からも隠されていたからである。また一つには、著しいコントラスト――この島への漂着の記述はすこぶる簡潔なのに、そこからの脱出は細密に記述される――による。漂着はわずか数行(7. 244-257)ですまされるのに、出発とその後には、第五歌二六一行以降、この巻のほとんどが費やされる。一方、パイエケス人の島には、実質的にはわずか二日間しかいなかったが、もっと長くいたように感じられる。実際、第六歌から第一三歌の初めまでは、実質的にはこの島が舞台である。

一言で言うと、聴衆(読者)の時空の感覚は惑乱されるのである。物語内での時間・空間の処理と私たちの受ける印象は、なぜこうも食い違うのか。それは、主人公が語る長い冒険譚に由来する。聴衆(読者)は主人公の巧みな語りに魅了され、語っている本人の居場所(パイエケス人の王宮)のことをすっかり忘れて、彼といっしょに島から島に移っているような錯覚に陥る。

主人公が自己の遍歴を語るのが、第九歌から第一二歌である。この部分は「アポロゴイ(放浪回顧談)」と呼ばれ、全篇のなかでも最も印象的で、変化に富んでいる。そこでは、一つ目巨人のポリュペモスを酒に酔わせてその目を潰した話(第九歌)や、女神キルケが彼の仲間たちを豚に変えた話(第一〇歌)、冥界を訪れた話(第一一歌)、半身が鳥で半身が女性のセイレンたちの話(第一二歌)など、有名なエピソードが続く。この前半第三部は、主人公が一人称で語る作中作であるという点で、詩人が三人称で語る他の諸巻とは趣が異なり、他の巻にはない独自の構造も具えている。快い眩惑を誘う前半第三部については、次の章で具体的な展開と構成、意味などを詳述する。

父と子が互いを認知する——後半第一部第一三歌から第一六歌

第一三歌から、詩篇は後半に入る。後半は、主題も趣向も前半と異なるが、内容上のまとまりからは、前半と同じように四巻で一つのユニットを形成している。

まず、第一三歌から第一六歌(後半第一部)では、イタカに戻ったオデュッセウスとテレマコスが互いに相手を認め合うこと、つまり父子の認知(アナグノーリシス)の成立が、中心的な主題である。認知とは、持ち物や身体的特徴、あるいは共有する秘密などがきっかけで、ある人が誰なのか確認することである。この詩篇の後半部の特徴の一つは、認知の場面が多いことである。

後半第一部の展開を具体的に見ていこう。その幕開けを告げる第二序歌については先に述べた。主人公はパイエケス人の船で故郷に着く。眠ったまま浜辺に降ろされて目が覚めるが、アテナの介入によって、そこが故国だと認識できない。未知の土地に来たのかと落胆していると、アテナが現れる。女神は彼に真実を告げ、誰にもその正体を見破られないように、年老いた乞食の姿に変身させる。

続く第一四歌では、乞食姿のオデュッセウスは女神の忠告に従って、町はずれにある豚飼いのエウマイオスの小屋を訪れ、粗末だが心のこもったもてなしを受ける。乞食は自分の正体を明かさずに豚飼いを試し、彼が今も主人の帰りを待ち望んでいることを確認する。それでもなお、この忠実な召使いに真実を告げず、自分はクレタから来たと、にせの身の上話を長々と語る。

第一五歌に入ると、前半第一部で旅立ったテレマコスがようやく帰国の途に就く。スパルタからの出発とピュロスからの船出の描写の後、舞台はイタカに転じ、豚飼いが自らの身の上話を乞食に語る。次にまた話題がテレマコスに戻る。彼はイタカ到着後すぐに、豚飼いの農場に向かう。いよいよ父と子の認知の場面が近づく。

第一六歌では、テレマコスの帰国を伝えるために豚飼いが館に出向き、父と子は二人きりになる。このときオデュッセウスは女神アテナによって元の姿に戻され、自分が父親だと息子に告げる。テレマコスは最初はそれを信じないが、父の説得によってようやく納得する。認知には証拠の品が介在することが多いが、父と子のこの認知は言葉だけで成立する特異なケースである。二人は嬉し涙にくれるが、父は自分の帰国を他の誰にも口外しないよう命じ、二人で求婚者への復讐作戦を練る。

求婚者たちとの対峙——後半第二部第一七歌から第二〇歌

第一七—二〇歌はスリルとサスペンスに満ちている。後半第二部では、町の中にある主人公の館に舞台が移り、求婚者たちが乞食を侮辱する。驕慢な若者たちが乞食に罵詈雑言を浴びせれば浴びせるほど、彼らへの報復は正当性を増す。だがその数は多く、主人公の立場は圧倒的に不利だ。父と子はこの危機をどう乗り越えるのか。聴衆(読者)は不安と緊張にさらされる。

後半第二部では、巻ごとに異なる人物がスポットライトを浴びる。第一七歌はオデュッセウス、第一八歌はペネロペ、第一九歌は二人の会話が焦点になる。このとき妻はまだ、乞食が夫であることを知らない。夫婦の認知と真の再会というクライマックスは近づきながらも、巧みに先送りされる。

以下、個別に見ていくと、第一七歌では、帰館したテレマコスが母に会って旅の報告をする。乞食は忠実な豚飼いとともに館に向かうが、その途中、不忠な山羊飼いに遭遇して、彼から屈辱的な扱いを受けるが、怒りを耐え忍ぶ。

その直後、これと正反対のことが起こる。館には、アルゴスという犬が飼われている。オデュッセウスが館に近づくと、犬は即座に彼を認知する。だが、主人のいない館でずっと放置されていたアルゴスには、懐かしい主人に近寄る力がもうなかった。ダニまみれの犬は尾を振り、耳を垂れ、体全体で歓迎の意を表すが、たちまちその場で息絶える。

心を揺さぶられる逸話である。乞食の正体を見破れる人間はいないのに、もの言わぬ動物は瞬時に見破った。証拠の品もない認知であるだけにいっそう感動的で、人間の認識能力の限界を暗示するかのようだ。そして優秀な猟犬の世話の放置は、主人不在の屋敷の荒廃と無秩序の象徴とも思える。

ここまでのできごとは、主人公が館に入る前に起こる。館の敷居は、外と内を区切る象徴的境界線だが、境界線の外でのこの二種類の意思表示――不実な山羊飼いの冷遇と忠犬アルゴスの歓迎――は、敷居の内での待遇のプレリュードである。ペネロペは未知の訪問者を歓待したいが、アルゴスと同じように、思いどおりにならない。したがって乞食は館のなかで、歓迎よりも侮辱や嘲笑や誹謗を受けることになる。実際、乞食が広間で物乞いを始めると、首領格の求婚者アンティノオスは足台を投げつけた。この乱暴行為を耳にしたペネロペは、諸国を放浪したであろうその乞食から夫の情報を直接得たいと望み、忠実な豚飼いをとおして彼にこの希望を伝える。だが用心深い主人公は、対話をその日の夜まで延期する。

続く第一八歌の時間設定は、同日の夕方である。イロスという土地の浮浪者が館に来て、先客の乞食(オデュッセウス)に罵声を浴びせる。イロスは求婚者たちにけしかけられ、彼に戦いを挑むが、打ち負かされる。ペネロペは女神アテナに促されて求婚者たちの前に姿を現し、出征時の夫の言葉を彼らに初めて明かす。すなわち、息子にひげが生える頃までに自分が戻らなければ、再婚するようにと言い残してオデュッセウスは戦地に発ったという。テレマコスはもう大人である。したがって、いやでも再婚を選ぶしかないほど状況は切迫している。さらにペネロペは求婚者たちに、正しい求婚手続きを踏み、贈物を持参するよう要求する。

その後、夜に予定された対話を広間で待つオデュッセウスを、不忠な侍女が罵る。彼女と通じている求婚者の一人エウリュマコスも彼を愚弄し、足台を投げつける。夜も更け、求婚者たちが退出したところで、第一八歌が終わる。

第一九歌では、復讐への準備が着々と進む。父と息子は求婚者の反撃を避けるために、槍や楯などの武器を広間から片づける。テレマコスが寝室にしりぞくと、第一七歌でペネロペが望んでいた対話が実現する。夫が本当はもう帰国しているという事実を知らない妻に、乞食は偽りの身の上話をし、オデュッセウスの帰国が目前に迫っていると予言するが、彼女はそれを信じようとはしない。

その後、有名な足洗いの場面が続く。洗足や入浴は、食事の提供や土産物の贈与などと同様に、客に対する接待の一環である。そこで、乳母のエウリュクレイアが乞食の足を洗うことになるが、足の古傷を見たとたん、その正体に気づく。しかし、オデュッセウスは即座に真実の口外を彼女に固く禁じる(図9)。そのときペネロペは二人のすぐそばにいたが、アテナ女神の計らいによって、彼らのやりとりに気づかない。足洗いの場面には、本題から外れた長い話が挿入されていて、主人公が猪狩りで足に傷を負った経緯や、祖父アウトリュコスが孫にオデュッセウスという名をつけた経緯が語られる。

図9——(上)オデュッセウスの足を洗うエウリュクレイア，1世紀前半，テラコッタ，ローマ，テルメ国立博物館．(Cohen, fig. 58)．(下)ギュスターブ・ブーランジェ「エウリュクレイアによって見分けられるオデュッセウス」，1849年，パリ，パリ国立高等美術学校．(Impelluso, p. 728)

その後、ペネロペは自分の見た夢について語る。その解釈を乞食に求めるが、求婚者たちの破滅の日が近いという彼の夢解釈をしりぞける。そして彼女は、弓競技を開催してその勝者と再婚するつもりだと、突然打ち明ける。

この告白はあまりにも唐突なので、なぜ彼女が弓競技を思いつき、なぜ急にその決意を打ち明けたかが議論の的になっている。解釈はさまざまだ。じつは彼女はすでに足洗いの場面で乞食の正体に気づいていて、その後、彼とひそかに結託したという解釈もある。だが、筆者はこの説にはつかない。テクストを読む限り、夫婦の共謀を暗示する個所はないからである。

ペネロペは謎めいた女性である。彼女をどう解釈するかは、研究者の間でも議論が分かれている。基本的には、テクストが語る彼女の言動をそのまま受け取ってよいのではないかと、筆者は思う。ここでもおそらく、彼女はまだ真実を知らない。一二本の斧の柄の穴を矢で射通す競技で用いられる弓は、主人公にしか弦を張れない特殊な強弓である。ペネロペはそれを承知で、しかし、求婚者たちがテレマコスの命を狙うほど状況が切迫したため、やむなく大きな賭けに出たのではないだろうか。かつて機織りの計で求婚者たちを欺いたほど、狡知に長《た》けた女性である。それと同じく、弓競技の賭けも聡明なペネロペの苦肉の策だったのではないだろうか。

続く第二〇歌は、求婚者殺害の前夜、眠れないオデュッセウスと夜半にむせび泣くペネロペの描写から始まる。いよいよ弓競技の日が訪れた。牛飼いのピロイティオスが初登場し、主人への忠誠を吐露する一方、求婚者たちの罵詈雑言はますますひどくなり、求婚者の一人のクテシッポスが牛の脚を乞食に投げつける。求婚者が乞食にものを投げつけるのは、これで三度目となる。類似行為の反復はホメロス叙事詩の特徴である。求婚者たちの狂乱の度合いが増すにつれて、彼らの破滅の接近を示す前兆も次から次へと現れる。

夫婦の再会——後半第三部第二一歌から第二四歌

第二一歌から第二四歌の後半第三部では、四巻全体に共通する主題を抽出するのは難しいが、詩篇はついにクライマックスに達する。

まず、第二一歌のテーマは弓競技である。ペネロペは蔵から弓を取り出してきて求婚者たちの前に置き、弓競技の勝利者を再婚相手に選ぶつもりだと、彼らに初めて宣言する。最初に、テレマコスが弦張りを試し、成功しかけたところでやめる。求婚者たちも順番に試みるが、いずれも失敗する。忠実な牛飼いのピロイティオスと豚飼いのエウマイオスが屋敷を出ると、乞食は彼らの後を追い、足の傷跡を見せて素姓を明かす。この認知の成立によって、主人公と息子の陣営に二名の忠実な召使いが加わった。

一方、広間では求婚者のエウリュマコスも弦張りを試みるが、やはりうまくいかない。そこで乞食は弓競技の延期を提案し、さらに、自分にも腕力がまだ残っているか確かめたいから、弓を持たせてくれと申し出る。求婚者たちは反対するが、ペネロペの仲裁とテレマコスの機転によって、主人公にも弓を試す機会が与えられる。ペネロペが二階の寝室に引き上げた後、乞食は衆目のなかで軽々と弦を張り、放たれた矢は、一列に並んだ一二本の斧の穴をみごとに射通す。

続く第二二歌は、全篇のまさに山場である。乞食は、求婚者たちの首領であるアンティノオスをいきなり射ると、驚いている求婚者たちに正体を明かし、次から次へと彼らを倒していく。テレマコスと二人の忠僕(牛飼いと豚飼い)に加えて、アテナ女神も間接的に援護する。凄惨な殺戮の筆致は、まるで『イリアス』の戦闘場面のように迫真的だ。求婚者が全員殺された後、それまで隠れていた伝令使が姿を現して寛大な処置を嘆願し、楽人のペミオスともども助命される。他方、求婚者と通じていた女中たちは、累々たる死体の片付けと館の清掃を命じられ、その後、絞首刑に処される。乞食を罵倒した不実な山羊飼いも八つ裂きにされる。

第二三歌のハイライトは、夫と妻の再会である。しかし、感動的な対面はまたしても引き延ばされる。つまり、求婚者殺害の報を受けて広間に降りたペネロペは、まだ乞食姿のままの夫と向き合うが、彼を夫だとなかなか認めようとしない。テレマコスが業を煮やして母をなじるが、彼女は夫と妻しか知らない秘密のしるしがあると答えて、一向に動じない。入浴して元の姿に戻ったオデュッセウスはとうとうしびれを切らせ、床を延べるよう乳母に命じた。するとすかさずペネロペは、夫がかつて自ら作ったベッドを寝室の外に運び出してその上に寝具をそろえるよう、乳母に命じた。オデュッセウスはそれを聞くと憮然としてそのベッドの特徴を詳しく語った。すなわち、茂ったオリーブの樹を支柱にしてベッドを作り、寝室を建てたのはこの自分だ、と。この事実の詳述が、彼の正体を証明する証となる。

夫と妻しか知らない秘密のしるしとは、大地にしっかり根を張った太いオリーブの樹がベッドを支えている事実だった。それは夫婦の堅固な絆を象徴する。樹の根元を切らない限り、ベッドを動かすことはできず、その移動は妻の不貞を暗示する。そのため、それを寝室の外に出すよう命じた妻に、いつもは冷静沈着な主人公も一瞬、我を忘れて秘密を漏らしたのである。知恵の抜きんでた夫を、一枚上手の機知で妻が出し抜いたことになる。このような思いがけない方法で認知が成立し、ここにめでたく、夫婦の真の再会が成就する。二人は涙ながらに抱き合い、これまでの苦労を互いに語りあう。夫婦の認知が成立したところで、誰もがほっと胸をなでおろす。そして、この後の場面は無用の長物のような気分になる。はるか昔のアレクサンドレイアの学者たちも、この詩篇は本来、再会成立の第二三歌二九六行で完結していたと見なした。

しかしこれ以降の部分は、本当に無意味な付け足しなのだろうか。夫婦の認知の後に続くのは、主人公と父ラエルテスの再会である。それを描く第二四歌は、じつは、全篇の構成から見ると、蛇足どころか、なくてはならない部分である。なぜなら、「父と子」は「夫と妻」と並ぶ詩篇の重要な主題だからである。父と息子の共通体験を扱う「テレマコス物語」(第一—四歌)の比重は決して軽くない。第一六歌での再会後、求婚者への報復準備をとおして、父と子の絆は深められていく。「父と子」は全篇を支える屋台骨になっているのである。

家父長制社会では、父と息子のつながりは他の何にもまして重要である。オデュッセウスには、息子が一人しかない。そして彼自身も、一人息子である。老父が田舎で質素な隠遁生活を送るのは、息子が長く帰国しないことへの絶望からであった。ラエルテスがなぜそれほどにも嘆くのか、現代人には理解しがたいが、家父長制家族における息子の重要性によって彼の悲嘆は説明がつくだろう。「夫と妻」だけではなく「父と子」も含めた「家族」(厳密には家父長制家族)が、『オデュッセイア』では重視される。社会の基本的最小単位としての家族の回復と社会秩序の再生は、この詩篇では等価である。そして「父と子」のテーマは、全篇の最初と最後をつなぐ架け橋として機能する。主人公が父と再会し、父とともに戦うことによって初めて、物語は完結するのである。

第二四歌には、最後にもう一つ重要な場面がある。アテナ女神の登場である。法による統治と無縁な『オデュッセイア』の世界では、殺された者の親や子が殺害者に仇討するのが掟であった。そのため、求婚者たちの親族が武装してラエルテスの農園に押し寄せてきて、報復戦が始まる。そのさなかに突然アテナ女神が現れて、この戦いを中止させる。こうして『オデュッセイア』は、戦いの平和的解決のうちに幕を閉じる。

第二章　幾何学的構成
――全体と放浪回顧談を貫く秩序

対称的な構成

『オデュッセイア』を一読しただけでは、幾何学的対称をなす構造はなかなか見えてこない。そこでこの章では最初に、詩篇全体を支配する秩序について述べる。また、前半第三部の放浪回顧談には他の諸巻とは異なる独自の規則正しい構成があるので、次にこれを検討する。

表4は、前半と後半の対応関係を示している。表の中央には、四巻ごとのユニットから抽出される要素を配した。通し番号にしたので、【物語展開の舞台】は①⑥⑩と三回出てくる。詩篇前半の事象を左の欄に、詩篇後半の事象を右の欄に記した。

この表を見ると、一つの要素に関して前半と後半が符合していることがわかる。それぞれの対応内容は同一のこともあれば、共通しつつも細部が異なることもある。逆転関係もある。たとえば【③主

表4　詩篇の前半と後半の並行関係

第1歌～第4歌(前半第1部)		要　素	第13歌～第16歌(後半第1部)	
	イタカ	①物語展開の舞台	イタカ	
	テレマコスを援助	②アテナ女神の援助	オデュッセウスを援助	
A	侵犯(求婚者たちがアテナ＝メンテスを冷遇する)	③主客の儀	遵守(豚飼いが乞食＝オデュッセウスを厚遇する)	A′
	テレマコスがイタカを出発	④異国への旅	テレマコスがイタカに帰還	
	求婚者たちがテレマコスの殺害を画策する	⑤殺害計画	オデュッセウスとテレマコスが求婚者たちの殺害を画策する	

第5歌～第8歌(前半第2部)		要　素	第17歌～第20歌(後半第2部)	
	王(アルキノオス)の館へ移動	⑥物語展開の舞台	王(オデュッセウス)の館へ移動	
B	パイエケスの若者たちとの運動競技会(友好的)	⑦体力の勝負	乞食のイロスとの格闘(敵対的)	B′
	パイエケスの王女ナウシカアの結婚	⑧結婚の話題	イタカの王妃ペネロペの再婚	
	王妃(アレテ)の質問に沈黙する	⑨素姓の隠蔽	王妃(ペネロペ)の質問に沈黙する	

第9歌～第12歌(前半第3部)		要　素	第21歌～第24歌(後半第3部)	
	王(アルキノオス)の館	⑩物語展開の舞台	王(オデュッセウス)の館	
	パイエケスの人々に素姓を開示する	⑪素姓の開示	求婚者たちに正体を開示する	
	広間で聴衆に詳細に語る	⑫放浪の回顧談	寝室で妻に簡略に語る	
C	主人公＝楽人	⑬同一視の対象	弓に弦を張る主人公＝竪琴に弦を張る楽人	C′
	王妃(アレテ)の信頼を得る	⑭信頼の獲得	王妃(ペネロペ)の信頼を得る	
	主人公がトロイア戦争の英雄たちに出会う	⑮冥界での出会い	求婚者たちがトロイア戦争の英雄たちに出会う	
	死亡した母親と語る	⑯親との会話	健在の父親と語る	

客の儀】を見ると、前半第一部では、テレマコスは傍若無人な求婚者たちのせいで新来の客メンテス(アテナ女神)を歓待できないが、後半第一部では、豚飼いのエウマイオスが貧しいなりにも精一杯、乞食をもてなす。【⑦】の身体能力を競う勝負も同様である。パイエケス人は漂流者(オデュッセウス)を喜ばせるために運動競技会を行うため、第八歌の勝負の目的は親睦だが、第一八歌で土地の乞食のイロスが新来の乞食(オデュッセウス)に挑むのは、敵対心からである。

【⑧結婚の話題】について少し補足すると、ペネロペとの結婚への求婚者たちの願望は、第一八歌全体から明らかである(とくに18. 271-303)。かたや前半では、結婚適齢期だから川に洗濯に行くよう、アテナ女神はナウシカアを促す(6. 25-40)。ナウシカアは川辺で出会った漂流者(オデュッセウス)との結婚を願い(6. 239-245)、彼女の父もまた、娘と彼の結婚を望ましいものとして口にする(7. 313-315)。第六―七歌と第一八歌はこのように、結婚の話題を共有しているのである。

【⑬同一視の対象】については、前章では詳述しなかったので説明が必要である。前半第三部の「主人公=楽人」は、第一一歌に由来する。放浪回顧談の途中で主人公が口をつぐんだとき、聴衆は静まり返った(11. 333-334)。彼の物語に魅了されたからである。アルキノオス王は「さながら楽人の語る如く」(11. 368)と、主人公の語り口と才能をほめそやした(11. 367-369)。

一方、後半第三部では、主人公が弓に弦を張るようすがこう語られる。「さながら竪琴と歌に堪能な男が(中略)苦もなく弦(χορδή)を張る如く、オデュッセウスは事もなげに大弓を張り、右手で弾《はじ》いて弦(νευρή)を試みると、弦はその指の下で燕の声にも似た響きを立てて、美しく鳴る」(21. 406-411)。

「竪琴と歌に堪能な男」とは、とりもなおさず楽人のことである。また、νευρή(neurhe ネウレー)は「弓の弦」と「楽器の弦」の意味を持つので、明らかに弓と竪琴の連想が働いている。なお、第一七歌でも主人公が楽人にたとえられる(17. 514-521)が、この同一視は後半第二部に属するため、前半との対応関係は成立しない。

詩篇前半の各ユニットをA・B・Cとすると、それに対応して、詩篇後半にも、A′・B′・C′というまとまりができる。表4では左右対称だが、物語はA→B→C→A′→B′→C′の順序で展開されるため、前半の要素が後半でも同じ順序で繰り返されることになる。パラレリズムと呼ばれるこの規則的な配列は、詩篇全体はもとより、後で述べるように、その一部分である放浪回顧談にも認められる。

リング・コンポジション

ホメロス叙事詩には、リング・コンポジションという円環状の構造も認められる。その好例は、母アンティクレイアとの会話である。母はまだ存命だと、オデュッセウスは信じていた。思いがけないことに死者の国で遭遇した母に、彼は矢継ぎ早に問いを投げかける。

A　あなたは何が原因で亡くなったのか？(11. 171)

B　長患いの結果なのか？(11. 172)

C　それともアルテミスの矢に命を奪われたのか？(11. 172-173)

D　私の父はどうしているか?(11. 174)
E　私の息子はどうしているか?(11. 174)
F　私の所有物は無事か?(11. 175-176)
G　私の妻はまだ忠実なままでいるか?(11. 177-179)

これら七つの質問に、アンティクレイアは次の順序で答えた。

G　あなたの妻は忠実なままである。(11. 181-183)
F　あなたの所有物は無事だ。(11. 184)
E　あなたの息子は立派に成長している。(11. 184-187)
D　あなたの父は存命だが、悲しい思いでわびしく暮らしている。(11. 187-196)
C　私はアルテミスの矢で殺されたのではない。(11. 198-199)
B　私は病気のせいで死んだのでもない。(11. 200-201)
A　私が死んだのはあなたを待ちわびるつらさのせいであった。(11. 202-203)

このような循環型の展開(A↓B↓C↓D↓E↓F↓G　G↓F↓E↓D↓C↓B↓A)が、リング・コンポジションである。円環の中央に別の要素(X)が置かれて、A↓B↓C↓X↓C↓B↓Aと

表5　第17歌〜第22歌のリング・コンポジション

	巻	個　所	テーマ	できごと	パターン
一巡目	第17歌	17. 339	物乞い	敷居に座る	
		17. 411-412		ほとんどの求婚者がパンと肉を与える	
		17. 445-463		アンティノオスの横柄な対応，足台の投擲	
		17. 466		敷居に戻る	
二巡目	第21歌	21. 144-166	弦を張る	レオデスが試みるが失敗する	A
		21. 167-187		他の求婚者たちが試みるが失敗する	B
		21. 245-255		エウリュマコスが試みるが失敗する	C
		21. 256-269		アンティノオスが弓競技の延期を提案する	D
山場	第21歌〜第22歌	21. 270-22. 7	正体の開示	オデュッセウスが弓を引く 斧の柄の穴の貫通に成功する 敷居に立つ 自分の正体を開示する	X
三巡目	第22歌	22. 8-21	求婚者殺害	アンティノオスが殺される	D
		22. 44-88		エウリュマコスが殺される	C
		22. 89-309		他の求婚者たちが殺される	B
		22. 310-329		レオデスが殺される	A

なることもある。その場合、Xは主題に関する重要な要素で、円環の中央に置かれて強調される。

詩篇後半には、巻をまたいだ大規模なリング・コンポジションが認められる。乞食が求婚者たちの間を一周する場面は、第一七—二二歌で三回繰り返され、その巡回は、表5の順に行われる。一巡目は、求婚者たちを試すために行われ、他の二回の巡回のプレリュードになる。このとき、物乞いをして回る乞食に、ほとんどの求婚者が食べ物を恵むが、首領格のアンティノオスは施しをせず、乞食に足台を投げつける。つまり一巡目は、アンティノオスの名前だけをあげることによって、彼が最も無慈悲な求婚者であることを示すのである。

A→B→C→D→X→D→C→B→Aの

円環構造は、巻をまたぐ格好で、二番目と三番目の巡回に組み込まれている。二回目の巡回では、求婚者たちが順々に弦を張ろうとするが、試みはことごとく失敗に終わる。挑戦する順番はレオデスからアンティノオスへ、つまり悪辣さの度合いが低い者から高い者へ、である。他方、山場(X)の後に求婚者が殺害される順序は二巡目とは反対に、最も悪辣なアンティノオスから始まり、あまり悪辣ではないレオデスで終わる。

放浪回顧談の独自性——ループ構造

次に、主人公の放浪回顧談(トロイア出発からカリュプソの島への漂着までの回想)を詳しく見ていこう。とくにこれを取り上げるのは、章の初めに記したように、独自のみごとな秩序があるからだ。均斉のとれたデザインの完成度は高い。内容も深く、詩篇後半の主人公の行動原理の確立とも密接につながる。

回顧談は表6のように図式化される。主人公が名乗る前置き(①)も表に含めたが、漂泊自体は②から始まる。「事件」の欄には、語りの「技法」の理解に役立つ必要最小限のことだけを抽出した。したがって、この欄が空白でも何も起こらなかったわけではない。

表6から一目瞭然だが、第一一歌は他の巻とはまったく異なる。扱う話題は冥界に限定され、その前後に同一の場所が配置されている。ある場所から別の所に行ってまた元に戻る道筋をループ構造と呼ぶとすれば、表6には二つのループ構造が認められる。一つは、キルケの島と冥界の往還(⑧→⑨→

表 6　放浪回顧談の構成

	順序	個　所	行数	停泊地／通過点	事　件	登場人物	技法
第9歌	①	9. 1-38	38	(前置き)	(性的誘惑・長い逗留への言及)		E
	②	9. 39-61	23	キコネス族の町イスマロス	略奪・仲間の死	人間	
	③	9. 62-81	20	嵐・海上漂流			
	④	9. 82-104	23	ロートパゴイ族の国	帰還を忘却させる誘惑	人間	A
	⑤	9. 105-566	462	キュクロプス族の国	6名の仲間が食われる	巨人	B
第10歌	⑥	10. 1-79	79	風神アイオロスの島アイオリエ	オデュッセウスの仮眠・仲間の裏切り	神	C
	⑦	10. 80-132	53	ライストリュゴネス族の町テレピュロス	仲間の死	巨人	D
	⑧	10. 133-574	442	女神キルケの島アイアイエ	性的誘惑・長い逗留	女神	E
第11歌	⑨	11. 1-640	640	冥界			
第12歌	⑩	12. 1-141	141	女神キルケの島アイアイエ			
	⑪	12. 142-200	59	セイレンたち	帰還を忘却させる誘惑	怪物	A
	⑫	12. 201-259	59	スキュッラとカリュブディス	6名の仲間が食われる	怪物	B
	⑬	12. 260-402	143	太陽神ヘリオスの島トリナキエ	オデュッセウスの仮眠・仲間の裏切り	(神)	C
	⑭	12. 403-446	44	スキュッラとカリュブディス	仲間の死	怪物	D
	⑮	12. 447-453	7	(しめくくり)女神カリュプソの島	性的誘惑・長い逗留	女神	E

⑩)、もう一つは、スキュッラとカリュブディスと太陽神の島の往復(⑫→⑬→⑭)である。

この二つのループ構造は規模が違うが、それぞれの折り返し地点となる冥界と太陽神の島は、ともに特別な意味を帯びている。前者の重要性は、第一一歌が冥界に焦点を絞っていることから明らかである。死者の国の訪問は、他の文化圏にも頻出する「生きて帰りし物語」であり、『オデュッセイア』の場合もまさにそれに当たる。地下の冥界と地上の生者の世界との往復は、主人公の比喩的な死と再生の象徴である。

太陽神の島のほうは、詩篇冒頭でも言及されていることから、やはり重要な逸話である。一般に、序歌は最も注目を集める個所である。主人公の数々の労苦のうち、太陽神の島のできごとだけを序歌はピックアップしたが、この選択は恣意的なのだろうか、それとも意図的なのだろうか。

聴衆(読者)の興味を引きつけるには、最もおもしろいエピソードのさわりを序歌で小出しにするという方法がある。たとえば、映画の予告篇などはその手法を用いる。『オデュッセイア』のなかでどれが一番おもしろい話かと問われたら、第九歌の一つ目巨人の話(表6の⑤)と答える人が多いだろう。巨人との格闘は、機転の利く小さな人間が粗暴な巨人を策略で負かす痛快な話である。現代の読者にも印象深いが、古代の人々もこの場面をかなり早い時期から頻繁に壺絵に描いていた(図10)。この事実は、巨人の逸話の古代での人気の高さを裏づける。

しかし、序歌がこの逸話ではなく太陽神の島の話を選んだのはなぜか。それは、序歌の直後のゼウスの発言と関係する。ゼウスは例を示しながら、人間の苦難や破滅は因果応報であるという趣旨の倫

図 10――巨人の目をつぶすオデュッセウスを描いた最も古い陶器画の一つ，前 670 年頃，プロト・アッティカ式陶器，エレウシス，エレウシス考古博物館.（Buxton, p. 141）

理観を語る。すなわち、アイギストスは神々が事前に伝えた警告を無視してアガメムノンの妻を誘惑し、彼を帰国直後に殺害した。ゆえに、彼はこの罪への報いとして、アガメムノンの息子オレステスに殺されたのだと（1. 32-43）。この発言のポイントは、神々の事前警告の無視、非道な行為、それに対する懲罰の三点である。

太陽神の島における仲間たちはこの三点を満たすことから、アイギストスと同列と見なされる。彼らは、神の牛を食べれば破滅は必定と、事前に警告されていた。しかし、極度の空腹を我慢できずに冒瀆行為に及んだため、全員が海の藻屑と化した。しかも、主人公だけが牛を食べずに生き残ることは、彼の完全な孤立への転回点になる。太陽神の島の逸話は、以上のような理由から、重要なものとして序歌に取り入れられたのである。

ループ構造に話を戻すと、それは放浪回顧談にもう一つ見つかる。先の二つよりも規模が小さく、折り返し地点も特定できないが、風神アイオロスの島の話⑥に舞い戻り航路が内包されている。逆風を封印した革袋を風神から贈られた主人公は、あと一歩でイタカというところまで来たが、仲間たちが勝手に袋を開けたため、暴風によって風神の島まで吹き戻されたのである(10. 46-55)。

この他、放浪回顧談の外にまで目を向けると、ループ構造がさらにもう一つある。主人公はトロイアを出発してテネドス島に着いたが、トロイアに引き返した。アテナ女神の怒りを鎮めるために、アガメムノンがそこにまだ残っていたためである(3. 159-164)。したがって戦地を出た直後から、主人公の旅には逆戻り航路がつきまとっていたことになる。

以上のことを考えあわせると、主人公の旅は、本質的に「行きて帰りし」物語だということに思い至る。一つには、イタカの地から戦地に向かい、戦後ふたたび郷里に戻る帰国の物語だからである。また一つには、主人公の放浪が彼の社会的死とイタカの秩序崩壊を意味し、平和な生活が戦争で破壊されたが、彼の帰還によってのみ、回復するからである。放浪回顧談に内包されるループ構造は、オデュッセウス伝説の基本型そのものから発展した縮小的相似形なのかもしれない。

巧みな語りの秘密

ここでまた表6に戻り、第一一歌以外の巻の行数欄を見ると、ある特徴が浮上する。ただし、漂着地だけに注目して、第九歌の②④⑤、第一〇歌の⑥⑦⑧、第一二歌の⑪⑫⑬に焦点を絞る。

すると、二つの特徴に気づく。一つは、各歌とも三つの逸話で構成されていること、もう一つは、各歌それぞれのエピソードの最初の二つが短く、三番目は長いことである。実際、第九歌では、キコネス族の町②とロートパゴイ族の国④は各二三行だが、キュクロプス族の国⑤は格段に長い。第一〇歌でも、風神アイオロスの島⑥とライストリュゴネス族の町⑦は短いが、女神キルケの島⑧はずっと長い。第一二歌でも、セイレン⑪と、スキュッラとカリュブディス⑫は五九行ずつだが、太陽神の島⑬にはその倍以上の行数が割かれている。

なぜ、このような「短＋短＋長」の三つの逸話の組み合せになっているのだろう。口誦詩研究の知見によると、反復の多用は口誦詩の特長である。おそらく、放浪回顧談の幾何学的な配列も口誦詩の本来的な特性に由来するものと考えられる。

「短＋短＋長」という長さの調節は、叙述法とも関係する。『イリアス』と同様に『オデュッセイア』には、核心から話を始めるという特色がある。後で起こった事件を先に述べる叙述技法の一つで、倒逆法とも呼ばれる。これと正反対なのが、事件を起こった順に語る時系列的な叙述法だ。しかしこれはどうしても単調で、人を退屈させる。詩篇は全体としては倒逆法を採用しているが、そのなかで放浪回顧談だけは時系列に忠実である。そこで、逸話の長さに変化を施し、重要度に濃淡をつけることによって、平板になりがちな時系列的叙述法の欠点を補っているのである。

放浪回顧談には、パラレリズムも認められる。前に述べたように、A→B→Cという前半での展開を、後半でもA′→B′→C′と繰り返す技法である。表6の右端の「技法」欄にご注目いただきたい。この欄では、AからEの要素が同じ順序で反復されている。つまり、帰郷を忘れさせようとする誘惑

(A)は④と⑪で繰り返され、六名の仲間が食われる(B)は、⑤と⑫で語られる。⑦の仲間の死も人肉食の犠牲だが、⑦では死者の数は特定されない。また、ともに神の島で起こる⑥と⑩には、主人公の仮眠中に仲間が裏切り行為をはたらくという共通パターン(C)が認められる。

⑦と⑭の仲間の死(D)は、二つの段階を踏んでいる。すなわち⑦では、一二艘の船の大半が破壊されて主人公の船だけが残る。後にこの最後の一艘も⑭で難破して、主人公だけが残される。また、女神の性的誘惑と長い逗留(E)は、⑧と⑮で繰り返される。この要素は①の前置きにも現れ、同一要素が巻をまたぐかたちで、放浪回顧談の最初と最後に配置されている。

パラレリズムを織りなす要素の細部には、共通しながらも少し異なる点が見られる。たとえば、帰郷を忘れさせようとする誘惑(A)の手段は、④では「口に入れる甘美な」食べ物だが、⑪ではセイレンの「口から出る甘美な」歌声である。

幻想世界を彷徨する意味

次に、内容に移ろう。すぐれた文学作品は構造が美しいだけではなく、内容も深い。放浪回顧談は均斉のとれた構造によって心地よさを与えるが、ただの娯楽には終わらない。そこにどんな意味があるかという問いは、これがなぜ詩篇前半の最後に置かれたかを解明する鍵でもある。

まず、主人公がどんな世界をさまよったかを考えてみよう。トロイア出発後に船団が最初に着いたのは、キコネス族の町である(表6の②)。この部族はバルカン半島東部のトラキアの地に実在した。

その記録はヘロドトス（『歴史』7. 59, 108, 110）にもあるので、一行はこのときはまだ現実世界に属している。ところが、そこを出航してからひどい嵐に見舞われる。マレイア岬（ペロポンネソス半島南端）を迂回していたとき、「航路からそらされ、キュテレの島を過ぎたところから、あらぬ方向へ流され」（9. 80-81）、さらに九日間、海上を漂う。この岬と島は実在する。それに対して、その後は地図にない幻想領域である。非現実の領域の最初の地④と最後の地⑮までは途切れがない。他方、現実世界の最後の地点②の後には、特定の寄港地のない空白地帯③が介在する。この空白の時間帯こそ、現実世界と非現実世界を隔てる深い溝なのである。

では、この幻想世界における彷徨には何が読み取れるだろう。『オデュッセイア』の原型は地中海一帯に流布した民話とされるが、放浪回顧談は、その痕跡を示す荒唐無稽なおとぎ話か。それとも、嘘が巧みな主人公が作り出したフィクションか。

異境への放浪を、「人間とは何か」という問題意識とともに読むと、幻想世界は現実世界を映す反射鏡として機能し始める。この普遍的な問いには多様なアプローチと答えが可能だが、『オデュッセイア』は、「人間ならざるもの」との対比によって、「ヒトを人間たらしめているものは何か」という問いを提示する。以下では、ヴィダル＝ナケという研究者の分析を基に、常食とする食べ物、農業、結婚制度、法と集会などの政治制度、客への礼節と神への犠牲などの観点から考える。

パンを食らう人間

幻想世界に入ってから二番目の停泊地で、主人公は「ここにはパンを食う人間のどのような種族が住んでいるか、調べて来い」(9. 89)と命じて三名の斥候を派遣した。「パン」に当たる語(σῖτος, sitos シートス)は、元来「穀物」を意味し、「肉」の対立項である。「パンを食う人間」という表現は、人間とは肉ではなく穀物を常食とする存在だという定義を内包するのである。

何が常食かを判断基準として非現実世界を見ると、ほとんどの住民が穀物を常食としないことがわかる。④のロートパゴイ族(Λωτοφάγοι, Lotophagoi)は、ロートス(λωτός, lotos)という植物の実と、「食べる」という動詞 φαγεῖν (phagein パゲイン)の合成語であるから、植物の実を常食としている。⑤のキュクロプス族はチーズを常食とするが、人肉も食らう。彼らはオデュッセウスの仲間を二人ずつ三度も食った無慈悲な野蛮人で、「パンを食って生きている人間とは似ても似つかず」(9. 190-191)と表現される。

カニバリズム(人肉生食)は、火を用いた調理の対極にある。前者は非文明・未開・野蛮を、後者は文明を象徴する。だが、人肉を食べるのはキュクロプス族だけではない。ライストリュゴネス人の町でも、先に言及したのと同じ命令とともに(9. 89=10. 101)、やはり三人の偵察が送り出されたが、町の王は彼らを見ると、その一人をいきなり「飯代りに料理」(10. 116)した。彼らは「姿は人間よりも巨人族《ギガンテス》に似ている」(10. 120)と表現される。岩を投げて船団を破壊し、「屠った者たちを、魚のように串刺し《くしざ》にして、忌わしい食事にしようと持ち帰って行った」(10. 124)のである。

さらに、スキュッラも人肉食と結びつく。この怪物は、まるで漁師が水から魚を釣り上げるかのように(12. 251-253)、六名の部下を船から吊り上げ、「断末魔の苦しみに悲鳴をあげながらわたしの方へ手をさし伸べる部下たちを食ってしまった」(12. 256-257)のだった。

古代ギリシア人の思考には、神・人間・獣という階層があるが、それは非現実世界の食習慣にも反映される。パンを食べる点で人間に近いのは、幻想世界ではパイエケス人だけである。人間を中心に、一方には人肉食の野蛮民族が、もう一方には人間を超えた神々がいる。神々の飲食物も、人間のそれとは異なる。主人公は七年間カリュプソと床をともにしたが、彼の前には「人間の口にするさまざまな食物と飲料」(5. 197)が、カリュプソの前には、神の食べ物のアンブロシアと神の飲み物のネクタルが並ぶ(5. 199)。神と人間の境界を象徴するのは、性ではなく食なのである。

飲食物は、ヒトと獣を分かつ指標でもある。派遣された偵察隊は、女神キルケが勧める飲み物を毒入りとも知らずに飲み、豚に変身した。哀れな獣に変じたが、「心だけは以前と変らぬまま」で(10. 240)、人間の本性を喪失したわけではない。だが、彼らに与えられたのは、「どんぐりの類《たぐ》いやみずきの実など、地べたに寝る豚の常食とするもの」(10. 241-243)であった。

パンは穀物栽培や農耕の成果である。したがって「パンを食べる人間」は、農業が人間にとって本質的に重要だという考え方を表す。「種子も蒔かず耕しもせぬのに何でも育つ」(9. 109-111)肥沃な土地に住むキュクロプス族は、種蒔きも耕作もしない(9. 108, 123)。農業の有無は、火の使用と同じく、文明と非文明の分水嶺になる。したがって、同じ人食い人種のライストリュゴネス族も、耕作と無縁である。その町を高みから見ても、「牛や人間の働く田畑のようなものは見えず」(10. 98)、農業の形

跡はない。これらの部族の島と対照的なのは、広い平野に穀物が豊かに実るスパルタ(4. 602-604)や、

「穀物はふんだんに穫れるし葡萄も育つ」(13. 244-245)イタカである。

幻想世界の社会制度

食べ物と農耕以外にも、人間と「人間ならざるもの」を識別する基準がある。それは結婚のあり方や、法と合議、主客の儀、神への犠牲の有無である。これらは非現実の世界では欠落している。あるいは、現実世界とは異なった変則的形態をとる。

人間社会のノーマルな制度を完全に逆転させたのが、野蛮なキュクロプス族の国である。そこには「評議の場たる集会も定まった掟もない」(9. 112)。住民たちは「他とは互いに全く無関心で暮らしている」(9. 115)。政治制度の非整備と人的交流や意思疎通の欠如という点では、領主不在のイタカも非文明の範疇《はんちゅう》に属する。その証拠に、オデュッセウスの出征以来、テレマコスが住民を招集するまで、集会が開かれていなかった。王の不在による合議の欠如は、この国の無秩序も象徴する。イタカは現実世界に属するが、幻想領域のように非文明に転落しているのである。キュクロプス族はさらに、土地が肥沃なのに農業を行わないのと同様、良港に恵まれているのに、船も造船技術も交易も知らない。人間的営為が完全に欠如しているのだ。

他者との交流という点では、非現実の領域の住民はどれも孤立している。とくにカリュプソの島は、魔法のサンダルでどこへでも一跳びで移動するヘルメス神にとってさえ、「全く途方もない長旅」(5.

100-101)であった。神々の住まいからも人間の町からも、それほど離れた孤島なのだ。

結婚についても、幻想世界での婚姻は人間社会のそれとは異なる。風神アイオロスは平和な浮島で穏やかな家庭を営んでいるが、婚姻形態は変則的で、その六人の息子と六人の娘は、兄弟姉妹どうしで結婚している(10. 5-7)。人間界で禁忌とされる婚姻形態は、パイアケス人の国にも認められる。この国の王と王妃は、伯父と姪の近親婚カップルである(7. 63-66)。

主客の儀と神々への犠牲

人間と非人間を対比的に示す指標のうちでもとくに重要なのは、主客の儀の遵守と神々への犠牲である。訪問者の歓待を義務づける主客の儀は、『オデュッセイア』を読み解く鍵である。訪れた人を誰でも厚遇しなければならないという規範は、人倫の鉄則であると同時に、宗教的な掟でもある。「ゼウスは歎願者、異国人に加えられる悪事を罰して下さる客の守り神、敬わるべき客に必ず付き添って下さる方」(9. 270-271)だからである。ゆえに、この神はゼウス・クセイニオス(主客の儀を守るゼウス)とも呼ばれる。

風神とパイエケス人は主客の儀を遵守してオデュッセウスの一行をもてなすが、キュクロプス族とライストリュゴネス族は主客の儀と無縁である。とりわけ前者は、人間と人間ならざるものを識別するあらゆる基準において非文明の象徴になっているが、主客の儀と犠牲という二つの指標に関してもやはりそうである。とくに次の場面から、それがわかる。キュクロプス族の島に到着した翌日、オデュッセウスは自ら島の探索に向かう前に、こう述べた(9. 173-176)。

わたしはこれから自分の船と部下と共に出掛けて、ここの住民たちが、どのような人間か——乱暴で野蛮な無法者たちか、それとも客を遇する礼を弁《わきま》え、神を恐れる心をもつ者たちであるのか調べてくる。

この言葉は、主客の儀と敬神の精神が不即不離の関係にあることを示している。この一族の一つ目の巨人に、オデュッセウスは訪問者が受ける当然の接待を歎願した。先の引用(9. 270-271)のように、主客の儀の守護神ゼウスが保障する宗教的敬虔に訴えたのである。しかし、巨人の返答は次のように、冷酷で冒瀆的である(9. 273-276)。

風来坊よ、わしに神々を恐れよだとか、怒らせるななどと説教するとは、お前は馬鹿か、あるいは余程遠方から来た者に相違ない。キュクロプス一族は、アイギス持つゼウスをはじめ至福の神々など、屁とも思ってはおらぬ、われわれの方が遥かに強いのだからな。

この返答は、敬虔とは正反対の「傲慢」(ὕβρις, hybris ヒュブリス)に満ちている。敬神の念を具現するのは、神々に犠牲を捧げる行為である。したがって犠牲の遂行は、あるべき人間像の証である。

主客の儀と敬神は表裏一体をなすため、客を厚遇する土地には敬虔な態度も根づいている。たとえば、テレマコスがピュロスに着いたのは、盛大な犠牲式のさなかであった。献酒と祈願が定式通りに滞りなく行われる(3. 4-6)この町で、テレマコスは手厚い歓待を受けた。

ピュロスとは逆に、太陽神の島での犠牲のあり方は異例である。オデュッセウスの仲間たちは、神の牛を食べる前に、現実社会の慣行に従って犠牲式を行った。供犠を行うという点では、彼らは不敬ではなかったが、その方法は不備であった。碾き割り大麦を撒き、葡萄酒を注ぐのが犠牲式の正しい作法である。だが、彼らには大麦も葡萄酒もすでに尽きていたので、大麦の代わりに樫の木の葉が、葡萄酒の代わりに水が用いられた(12. 356-363)。この変則的な犠牲式は、神の家畜を掠奪する冒瀆行為と同じく不敬であり、とうてい神の嘉《よみ》するものではなかったのである。

以上のような敬神の念と主客の儀の欠如は、詩篇後半になると、求婚者たちの振舞いと二重写しになる。非現実世界の野蛮と未開は、彼らの乱暴狼藉として現実世界で具象化されるのである。主人公が彼らを成敗するのは、第一義的には、自身の妻と家と領地を取り戻すためだが、混乱と無秩序をイタカに持ち込んだ求婚者たちへの復讐は、秩序と正義を再確立するための倫理的報復と処罰でもある。その意味では、主人公はゼウスの代理人を演じるのだとも言えるだろう。このことについては、後にまた触れることにする。

冥界での出会い

この章の最後になったが、放浪回顧談で別格扱いされている第一一歌を取り上げたい。そこには、表7のような幾何学的な構成と反復的要素が認められる。この巻のほぼ中央に、インテルメッツォ(間奏曲)という部分がある。オデュッセウスはここで話をいったん中断するが、話を続けるようアルキノオス王に励まされて、また語り始める。インテルメッツォは、放浪回顧談が入れ子細工であることを想起させる装置として機能している。しかも、物語内の聞き手(パイエケス人)をとおして、物語の外部の聞き手(聴衆・読者)にもそのことを想起させる、手の込んだ仕掛けである。

表7からわかるように、インテルメッツォの前後は並列的に構成され、A→B→C→A′→B′とパラレルに展開される。AとA′は三人の人物との対話である。Aでは、テイレシアスは別だが、他の二人は主人公に近い人々である。話題はおもに彼の「未来」で、後の人物になるほど対話が長い。A′にも主人公に近い人々が登場し、話題は「過去」の戦争である。後の人物になるほど対話が短い。BとB′の「カタログ」とは、羅列的・網羅的な記述の意である。AとA′の同時代人との対話とは逆に、BとB′には、昔の神話の人物が現れ、対話は行われない。Bは神話的美女の列挙、B′は神話的英雄の羅列であり、同じカタログでも性別が異なる。

表7の「内容」欄には、人物の特性と話題をピックアップした。整序的な構成は認められないが、類似の要素が並ぶ。主人公は冥界に下るまで母の健在を疑いもしなかったため、彼女は「予期せぬ死者」である。母を抱擁しようと三度試みたが、実体のない亡霊となった母を抱くことはできない。この情景は何度読んでも切なく哀しい。

表 7　第 11 歌の構成：冥界での出会い

個所	行数	出会う人物	内　容	対応関係	技法
11. 51–83	33	部下エルペノル	予期せぬ死者・自分のみじめな死について語る・ペネロペとテレマコスに言及する		
11. 90–151	62	予言者テイレシアス	帰国について忠告する・故国の状況について語る・帰国後の新たな旅と最期を予言する	3 人の人物との対話	A
11. 152–224	73	母アンティクレイア	予期せぬ死者・オデュッセウスゆえに死んだ人物・故国の状況について語る・抱擁の試みが失敗する		
11. 225–330	106	神話のヒロインたち	神話的美女の列挙	女性のカタログ	B
11. 330–384	55	インテルメッツォ(間奏曲)			C
11. 385–464	80	戦友アガメムノン	予期せぬ死者・自分のみじめな死について語る・帰国について忠告する・ペネロペとテレマコスに言及する・息子について質問する		
11. 471–540	70	戦友アキレウス	(自分の)故国の状況・父親と息子について質問する	3 人の人物との対話	A′
11. 541–567	27	戦友アイアス	オデュッセウスゆえに死んだ人物・対話の試みが失敗する		
11. 568–635	68	神話のヒーローたち	神話的英雄の列挙	男性のカタログ	B′

もう一人の「予期せぬ死者」であるエルペノルは、冥界出発前夜に泥酔して屋根から落ちたが、誰もその死に気づかなかった。ゆえに、彼との出会いは予想外である。彼は「自分のみじめな死」について語り、埋葬を懇願する。アガメムノンも「自分のみじめな死」について語る。主人公の漂泊中に殺されたため、彼もまたオデュッセウスにとって「予期せぬ死者」である。

主人公が母を抱擁しようとしてうまくいかなかったように、戦友アイアスとの会話の試みも失敗に終わる。母親は息子への愛ゆえに亡くなったが、アイアスはライバルへの憎しみゆえに死んだ。彼はアキレウスの遺品の武具をめぐってオデュッセウスと争い、敗れたのだった。その自害を『オデュッセイア』は暗示するだけだが、ソポクレスの悲劇『アイアス』によると、アイアスはこの敗北に憤って狂い、家畜の群れをギリシア軍だと思いこんで襲った。後に正気に戻ってそれを恥じ、自死をとげた。死の原因となったライバルへの遺恨は、今なお癒えない。主人公は彼に語りかけたが、アイアスの霊は押し黙ったまま闇に消える。無言の背中には、言いようのない哀感が漂う。

冥界はさまざまな人物と出会い、主人公の過去と未来が交錯する場である。黄泉の国訪問の意義を考えると、まず、死者との出会いによって、主人公の生への意思がより堅固なものになった。母との衝撃的な邂逅《かいこう》、叶わぬ抱擁、郷里の情報は、万難を排して帰郷しなければという彼の思いを強めたに違いない。

アキレウスの霊の意外な言葉も、オデュッセウスの生還への意思を強めた。アキレウスは戦場で数々の武勲を立て、盛大な葬礼と深い悲しみのうちに見送られた。その名声がこの世に生き続け(24.

93-94)、死後もなお幸福だと思われた英雄が、意外なことにこう述べる(11. 489-491)。

世を去った死人全員の王となって君臨するよりも、むしろ地上に在って、どこかの、土地の割当ても受けられず、資産も乏しい男にでも傭われて仕えたい気持だ。

この言葉からは、どんなに悲惨な生でも死よりは尊いというメッセージが伝わってくる。『イリアス』で長寿よりも戦場での死を選択した人物の発言であるだけに、他の誰よりも雄弁に、生の重みを訴えかける。オデュッセウスは絶望のあまり自死を考えたこともあったが(10. 49-50)、冥界訪問後の主人公は激しい嵐に翻弄されても必死で「死を逃れよう」とし(5. 326)、あえて苦難に耐えようとした(5. 362)。彼の不退転の決意は、死者たちによって固められたのである。

一方、妻に気を許してはならないというアガメムノンの警告(11. 441-443)は、帰国後の復讐作戦の方向を決定づけた。求婚者たちへの報復は、もちろん、女神アテナの援助なしには成功しなかったであろう。誰の目にも正体がわからない老いた乞食への変身は、神の力によるからである。しかしそれでもなお、あくまでも可能性としてではあるが、妻と共謀して求婚者を倒す余地もなかったわけではない。しかし彼は、復讐の完全成就まで、彼女を蚊帳《かや》の外に置いた。妻の裏切りによって悲惨な末路をたどった男の前例を、冥界で目の当たりにしたからである。主人公は元々用心深い性質だが、石橋を叩いて渡るような慎重さは、アガメムノンが身を以って彼に教えた教訓だったのである。

冥界での体験は、主人公に生還への力を与え、故国の秩序再建という目標の達成を支える原動力となった。冥界下降を含む放浪回顧談が詩篇前半の最後に置かれた理由は、ここからも明らかである。オデュッセウスの漂泊は、彼の社会的死の隠喩である。彼は冥界訪問という比喩的な死を、自らの言葉で語ることによって、真の再生をたぐり寄せたのである。

第三章　放浪から復讐へ

リーダーとしての責任感

『オデュッセイア』の魅力の一つは、詩篇の前半と後半の緊密な関係性である。前半がなければ後半が成立しない、それほど密接につながっている。そこでこの章では、主人公の精神的な変化に焦点を絞って、彼の言動をたどってみよう。漂泊中の辛苦は帰国後の復讐とどう関連するのか。知恵の英雄は、イタカでの困難を知恵だけで乗り越えたのだろうか。

彼は放浪をとおして多くの人々の心情を知ったと、序歌にあった(1. 3)。これは、漂着地の住民との出会いが人間の多様性を教えたという意味だろうか。そう解釈することもできるが、旅の同行者たちも「多くの人々」に含められるだろう。主人公と仲間たちの間には、さまざまな心理的相互作用があった。ときには不信や反目もあったが、信頼と連帯感で結ばれてもいた。彼らとの関係も含めた多様な経験が、主人公の人間理解を深めたのではないだろうか。

「僚友たちの帰国を念じつつ」(1. 5)海上をさまよった以上、自身の帰国はもとより、仲間たちの帰郷も彼の大きな関心事だったに違いない。ともに生還したいと、彼は望んだ。仲間が犠牲になるたびに心を痛め、慟哭した。ところが、一行の統率者としての主人公の自覚を強調する個所は、放浪が始まって間もない頃には見あたらないのである。

一方、彼の危機管理能力が漂泊初期から発揮されたことを示す個所は多い。たとえば、最初の寄港地のキコネス族の町では、彼は仲間たちに足早に引き上げろと命じた(9. 43)。それにもかかわらず多数の者が落命したのは、彼らがこの指示に従わなかったためである。また、ロートスの実を食べて帰国を忘れた者たちを、彼は「泣き叫ぶのも構わずむりやり船に連れ帰り」(9. 98)、甲板の下に曳きずりこんで縛りつけた。その甲斐あって、このときは脱落者が出なかった。さらに、ライストリュゴネス族の町で非常事態に陥ったときには、船の繋留索を剣で切り放し、仲間たちを激励しながら、迅速な脱出を図った(10. 125-127)。けれども、主人公の船以外はすべて破壊された。

リーダーとしての覚悟を主人公がはっきりと口にするのは、この大惨事の後である。彼の自覚の表明を引用する前に、それまでの経緯をたどっておこう。一行は惨劇に見舞われたその町を発ってから、女神キルケの島に漂着した。その四日目に、彼は乗組員の半数を偵察隊として派遣した。しばらくすると、偵察隊長のエウリュロコスが血相を変えて、飛んで帰ってきた。そのときの報告によると、キルケが偵察隊を館に招き入れたとき、自分は不安な予感を覚えたので一人だけ館の外で待機していたが、仲間たちが一向に出てこないので怖くなり、大急ぎで引き返してきたという(10. 251-260)。エウリュロコスが涙ながらにこう報告すると、オデュッセウスはすぐに武器を手に執った。そして、仲間の救出に向かうために道案内を命じたが、エウリュロコスはかたくなにそれを拒んだ。彼に対するオデュッセウスの返答が、次の引用である(10. 271-273)。

エウリュロコスよ、それならばそなたはこの場に残り、黒塗りのうつろな船の傍らで、飲み食いしておるがよかろう。だが、わたしは行く。どうしても行かねばならぬ責任があるのだ。

この引用の最後の言葉は、直前のエウリュロコスの態度と対照的である。彼は道案内を拒否しただけではなく、仲間の救出はこのさい断念してこの危険な場所から一刻も早く退散しようと提言したのだった(10. 266-269)。自己保身に終始する偵察隊長の怯懦《きょうだ》な発言は、仲間の窮地を救おうとする統率者オデュッセウスの決意の固さをきわだたせる。

この熱意は何に由来するのか。その理由の一つは、仲間たちがたんなる旅の道連れではないことである。「仲間たち」を指す ἑταῖροι (hetairoi ヘタイロイ)という語は、とくに「戦友」を意味する。生死を賭けて一〇年間ともに戦場で戦った絆は強い。オデュッセウスは一二艘の軍船を率いてトロイアに遠征した(*Il.* 2. 631-637)。だが、そのうちの一一艘が、ライストリュゴネス族によって破壊された。そのときに一行の大部分の者が落命したことが、彼の熱意のもう一つの理由である。仲間の多くを一挙に失った精神的打撃は想像を絶する。せめて生き残った者だけでも無事に帰国させなければならない、主人公はそんな思いを強めたことであろう。自らの危険も顧みず、仲間の救出に向かわねばならないという使命感を掻き立てたのは、この損失の衝撃であった。

好奇心と物欲

右の引用を見る限りでは、主人公は理想的なリーダーのように見える。しかし実際には、仲間の安全をつねに最優先していたわけではない。自身の好奇心や欲望に駆られ、仲間を窮地に陥れたこともあった。事実、先に引用した発言の直後、彼は一人で救出に向かい、豚にされた仲間たちを助けに行き(図11)、元の姿に戻したが、その後は、居心地のよいキルケの館で一年以上も悦楽にふけった。あげくの果てには、仲間たちのほうから帰国を催促されるという体《てい》たらくであった。

探求心や欲望を自制できずに窮地に陥った例は、キュクロプス族の逸話にも見られる。彼とともにこの一つ目巨人の洞窟に入った一二名の仲間たちは、チーズや家畜を奪ったらすぐにそこを引き揚げようと主張した。「ところが」と、オデュッセウスは後悔を口にする(9. 228-230)。

ところがわたしは、彼らのいう通りにすればよかったものを、その言い分を聴かなかった。わたしにはあるじの姿を見たい気持があり、ひょっとしたら土産でもくれるかとも思ったからであるが、やがて姿を現わす当人は、部下たちにとっては、とんでもない厄病神になることとなった。

仲間たちは分別ある提言をしたのに、統率者の旺盛な好奇心と物欲のせいで命を落とした。後に彼は、この惨事の責任を追及される。先に言及したエウリュロコスが、仲間たちは無謀なオデュッセウスの「心狂った所業のために命を落したのだ」(10. 437)と、責めたのである。

かつて仲間を見殺しにしようとしたエウリュロコスの非難など取るに足りない、とも言える。しかしこの発言には、気になる点がある。それは、オデュッセウスの「心狂った所業」という指摘である。それは、「無法な行い、傲慢な振舞い」を意味する ἀτασθαλίαι (atasthaliai アタスタリアイ)と表現されている。詩篇を読み解く鍵となるこの語については、後にまた触れる。

図 11——上段左端より，豚に変えられた仲間たち，助けに来たオデュッセウス，逃げるキルケ．アッティカ赤像式混酒器，前440頃，ニューヨーク，メトロポリタン美術館．(Cohen, fig. 34)

名乗りの危険性

巨人の島での体験は、過度の探求心や欲心が破滅を招くことを主人公に教えた。これ以外にも、詩篇後半の展開と直結する重要なことを、彼はこの島で学んだ。名乗りの危険性である。

巨人の洞窟を脱出するまでの危機を、主人公は持ち前の抜群の知恵でみごとに切り抜けた。すなわち、巨人が六名の仲間を食った後、策をめぐらせて、彼を酒に酔わせた。そして、「誰もおらぬ《ウーティス》」(9. 367)という偽名を名乗り、丸太でその目を潰した。巨人の悲鳴を聞いて近隣の巨人族が集まって来たが、彼に暴力をふるった者が「誰もおらぬ」と聞くと、そのまま引き揚げていった。このとき主人公は、「自分の優れた才覚で偽りの名を名乗り、見事に相手をだましたのを見て、心中ほくそ笑《え》んだ」(9. 413-414)。さらに、「あらゆる知慧をしぼり、あらゆる策をめぐらし」(9. 422)、羊の腹の下に隠れて洞窟から脱出した(図12)。偽りの名乗りは功を奏し、好奇心と物欲による失敗は、知略によって埋め合わされた。ここまでは、まさに知恵の英雄の面目躍如たるものがある。

ところがその直後の彼の言動は、叡智に満ちた賢者や冷静沈着な統率者からは程遠い。知恵ではカバーしきれない失策を犯すのである。すなわち船が安全圏内に達すると、彼は巨人を罵る。それを聞いて激怒した巨人が大岩を投げたため、船はあやうく浜に逆戻りしかけた。激昂した主人公は、仲間たちの制止にもかかわらず、巨人に「城取りの誉れも高き、ラエルテスが一子、オデュッセウス」(9. 504)と名乗った。これがとりかえしのつかない事態を招く。呪詛はその対象者の名があってこそ、有効になる。巨人は彼の本名を知ることによって初めて、彼を呪うことができたのである。海の神が、自分の息子である巨人の呪いを聞き入れた結果、主人公の苦難に満ちた長い漂流が始まった。つまり、この事件以降の放浪は、まさにこの不用意な名乗りから始まったのである。
オデュッセウスは正体の開示が危機を招くことをこの痛恨の経験から学び、これ以降、名乗りに用心深くなった。警戒心を培ったものは、この他にもある。冥界で故国の状況の情報を得、アガメムノン殺害の顚末を本人から直接聞いたため、最後の漂着地(パイエケス人の国)で、名乗りにさらに慎重になる。だから、第七歌で王妃アレテから素姓を問われても答えず、第九歌まで名乗らない。正体の隠匿は詩篇前半で次第に重要性を増し、後半のプロットは名乗りの回避を軸に動いていく。

図 12——羊の腹の下に隠れて巨人の洞窟から脱出するオデュッセウス．青銅製レリーフ，前550–500 頃，デルポイ，デルポイ博物館．(Buxton, p. 141)

後半の状況は、彼の警戒心に拍車を掛けた。多勢に無勢のイタカでは、物乞いに身をやつしていても、うかつに名を告げれば勝ち目はない。だから彼は、最後の二人の求婚者が弓に弦を張る直前まで、息子以外の誰にも心を許さなかった。乞食の正体をたまたま知った乳母にさえ、沈黙を厳命し、真実を口外すれば殺すと恫喝した。

危険の認識と予測には知恵が不可欠だが、せっかく知恵で危難を切り抜けたのに、名乗りがそれを台無しにしてもっと困難な放浪を招いたのである。名乗りの徹底的忌避という詩篇後半での彼の戦略の原点は、前半の巨人の島でのこの痛恨の失策にある。

ここから当然、正々堂々たる名乗りが詩篇のクライマックスの一つになる。最も悪辣な求婚者を射殺して決定的好機が訪れた瞬間に初めて、彼は敵に正体を開示するのである(22. 35-41)。

忍耐と自制

前半で主人公が学んだもう一つの教訓のうち、とくに後半の展開と直結しているのは、自制と忍耐である。「途中苦しい目に遭いつつも、なお帰国の望みはある――そなたが自分と部下たちの気持を制御できればのことだが」(11. 104-105)と、予言者テイレシアスは忠告した。その言葉どおり、帰還の成否は克己心にかかっている。

彼の自制と忍耐は、この忠告以前に、風神の島の事件で試されていた。何度か言及した話だが、巨人の洞窟を脱出した後、彼の仮眠中に、仲間たちが逆風を封じた風神の袋を開け、逆風が吹き荒れた。船は無情にも目前の故国から遠ざかる。そのときの心境を、主人公はこう語った(10. 49-54)。


一方目覚めたわたしは、かくなる上は船から身を投じて海中に果てたものか、それとも黙々と耐えてこの世に留まるべきか、胸中さまざまに思いあぐねた末、じっと耐えて船上に残り、頭をかかえて船内に臥《ふ》していた。

自死が彼の脳裏に浮かんだのは、後にも先にもこのときしかない。仲間の裏切りと遠のく帰郷への深い絶望、悲嘆、失意、痛恨の極み……。千々に心乱れながらも、このとき彼が選んだのは、死ではなく、忍耐であった。倫理的な選択に関わる二者択一の思案を描く場面は、『イリアス』にもいくつかあるが、彼がここで直面する決定は、『イリアス』のものとは根本的に異なる。『オデュッセイア』の主人公の特徴は、課せられた重荷に辛抱強く耐える決意である。そして、忍耐強さという詩篇前半で身につけた特質は、詩篇後半で難局を乗り切る力となっていく。

詩篇後半、帰国してすぐの時点で、試練が訪れる。第一六歌で旅から戻ったテレマコスは豚飼いの小屋に直行した。そこで主人公は、成長したわが子の姿を初めて目にした。その喜びは想像にかたくない。息子をすぐにでも抱擁したい、それが彼の切なる願いであったに違いない。だが、それはまだ許されない。機の熟するのを辛抱強く待つしかないのだ。

この場面では彼の心情は一切描かれない。情緒を抑え、ひたすら黙する主人公のように、語り手もまた、彼の思いについて無言を貫く。彼の父親としての心情は、「さながら愛情深い父親が、十年ぶりに遠国から帰った息子――その子ゆえに苦労を重ねたその大切な一人子を迎えるように」(16.17-19)という直喩が代弁する。嬉し涙にむせびつつテレマコスに接吻するのは、真の父ではなく、代理の父ともいうべき豚飼いである。乞食は父親らしい振舞いを慎み、代理父と息子の抱擁を前に無言で耐える。真の再会の喜びは、豚飼いが町に向かい、父と子が二人きりになったときまで延期される。感動的な場面を期待する聴衆(読者)もまた、主人公と同じように我慢強く待たねばならないのだ。

第一九歌で妻と二〇年ぶりに向き合ったときも、主人公は辛抱強く平静を装う。彼女の前でも乞食役をみごとに演じ、素姓を質されると、まことしやかな作り話でそれをかわした。すなわち、自分はクレタの王家の出身で、かつて訪れてきた「オデュッセウス」をもてなしたことがあると、虚実とりまぜた作り話を、微に入り細をうがって語ったのである(19. 165-202, 221-248)。

ペネロペはそれを聞いて、深く嘆き悲しんだ。今すぐ抱きあって再会の喜びを分かち合いたい妻、自分の目の前にいるその妻を、心ならずも自らの虚言で悲しませ、その滂沱《ぼうだ》の涙を見つめるしかない主人公の心中は、察して余りある。だがこれほどむごい試練にも、彼はひたすら耐えた。「悲しみ歎く妻を心中哀れに思ったが、その眼は瞼の下で、さながら角《つの》か鉄の作りかと思われるほど微動だにせず、巧みにその涙を隠した」(19. 209-212)のであった。

侮辱に耐える

もう一つの厳しい試金石は、求婚者や不忠な召使いからの侮辱である。オデュッセウスはそれに対しても忍の一字を貫いた。最初の屈辱は、屋敷に入る前に起こった。山羊飼いのメランティオスが、乞食姿の主人公を口汚くののしって蹴りつけたのである。不実な従僕の言葉と腕力による二重の暴力に、彼は激しい憤りを覚えるが、反撃したいという衝動を自重した(17. 235-238)。その翌日も山羊飼いは罵倒する。この二度目の屈辱的行為にも、主人公は「何も答えず、胸中深く恐るべき報復の手立てをめぐらしつつ、黙って首を揺《ゆす》るのみ」(20. 183-184)だった。前に述べたように、詩篇前半では彼の憤りと衝動は仲間たちの穏やかな言葉によって、かろうじて抑えられた。しかし詩篇後半の激情を、主人公は自力で、抑制するのである。

求婚者たちからも酷い侮辱を受けるが、彼の自制心はぐらつきもしない。求婚者の首領のアンティノオスが足台を投げつけたときでさえ、「岩の如くしっかと立ったまま、(中略) 足台によろめきもせず、心中恐るべき報復を念じつつ、黙って首を振ったのみ」(17. 463-465)であった。不動の姿勢は、彼の心そのままだ。三回の投擲のうち、二度目にエウリュマコスが投げた足台を、彼は巧みにかわした。詩人はこのときの乞食の心情を語らない(18. 394-396)。三度目にクテシッポスが投げた牛の脚もうまく避け、「心中ひそかにいかにも凄味のある笑みを洩らした」(20. 301-302)。心の余裕さえ感じさせる表現である。屈辱に耐えれば耐えるほど、堅忍不抜の精神は磨かれる。

しかしながら、笑みを浮かべるほどの境地に達するまでには、いかに我慢強い主人公といえども、漂泊中の苦しみを回想しなければ我慢できなかったこともあった。それほど厳しい試練とは、館の主を裏切った女たちの言動である。求婚者とひそかに情を通じた侍女の嘲りには短い反論と威喝の後、黙って復讐計画に思案を凝らした(18. 337-345)が、その夜半すぎ、不実な女中たちが求婚者たちとの性的快楽を求めて、笑いさざめきながら女部屋を出ていくのを目撃すると、眠れないほどの憤激が彼を苦しめた。許しがたい女たちを即座に殺すべきか、当面、見逃すべきか。二者択一に迷いながらも、彼は胸を打ち、わが身をこう叱咤激励した(20. 18-21)。

堪え忍べ、わが心よ。お前は以前これに勝る無残な仕打ちにも辛抱したではないか、あの手に負えぬ凶暴なキュクロプスめが、勇猛な部下たちを啖《くら》った時のことだ。しかしお前はじっと耐え、策略によって、死を覚悟していた洞窟から逃れることができたのだ。

女中たちの背信への憤怒は、かつての塗炭の苦しみを想起しなければ克服できないほど激しかった。しかし、その場で即座に女たちを殺せば、計画はもろくも頓挫する。そうである以上、この試練は、何としても乗り越えなければならない。苦難に耐えた過去の記憶と自信に支えられてのみ、オデュッセウスは耐えしのぐことができた。

詩篇後半の主人公は、求婚者たちや不実な召使いたちからの数々の屈辱や罵声にもかかわらず、隠忍自重の姿勢を崩さなかった。この強靭な忍耐力は、詩篇前半の漂流中の苦い体験の積み重ねによってはぐくまれた。その記憶こそが、詩篇後半の苦難を克服する力となったのである。

仲間たちの存在

しかしながら、堅忍不抜の精神の獲得は、独力でなされたわけではない。彼が強靭になれたのは、仲間のおかげでもある。先述のように、巨人への名乗りは大きな災厄を招いた。向こう見ずな主人公の自制心は、このときにはまだ弱かったため、仲間たちの穏やかな諫言を振り切って暴言を吐き、名乗りをあげたのだった。しかし、それからの彼は変わった。後に、エウリュロコスが主人公の過去のこの暴挙を攻撃したとき、即座に相手を殺したいという衝動に駆られるほど彼は立腹したが、仲間たちに憤りを宥められ、剣を抜くことをかろうじて思いとどまったのである(10. 438-448)。

これに似た場面は『イリアス』にもある。激怒したアキレウスがアガメムノンに向かって剣を抜きかける場面である。そのとき彼が剣を鞘に戻したのは、アテナ女神の諫言によってであった(*Il.* 1. 188-222)。だが、この類似の状況でのオデュッセウスの激情は、神の説得によってではなく、人間の言葉によって抑制された。この違いは大きい。この体験が、彼の忍耐力と自制心を強化するバネになる。

戦場でも海上でも苦労をともにした仲間たちは、彼の命の恩人でもあった。というのは、旺盛な好奇心のせいであやうく命を落としそうになったとき、仲間のおかげで命拾いしたからである。その事件は、魅惑的な歌声で船乗りを難破させるセイレンの島で起こった。

巨人の洞窟で好奇心の危うさが骨身にしみたはずだが、セイレンの島に接近したときも、彼の好奇心は萎《な》えていなかった。船を漕ぐ仲間たちに妖しい歌声が届かないように、彼はキルケの忠告に従って、あらかじめ彼らの耳に蜜蠟の栓を貼りつけた。だが自身は、図13のように縄で帆柱に体を縛り(12. 193)、魅惑的な歌を聴きたい一心から、縄目を解けと漕ぎ手たちに合図した。このとき、もし仲間たちが結び目をゆるめたなら、おそらく彼は魔の海に転落していただろう。しかし彼らは、事前の命令を守ってその懇願を無視し、結び目をさらにきつく締めた。オデュッセウスは仲間たちの忠誠心によって命を守られ、セイレンの罠から無事に脱出できたのである。

図 13 ——帆柱に縛られたオデュッセウス，別の船の上のセイレンたち，右端は機織り機．後期コリントス様式黒像式香油壺，前575–550 頃，ボストン，ボストン美術館．(Cohen, fig. 39)

仲間たちは主人公の引き立て役としばしば見なされる。だが主人公に精神的成熟を促し、強い絆で結ばれた運命共同体であった。このことを考えると、放浪回顧談はひょっとすると、亡くなった仲間たちへの鎮魂歌ではないかとすら思えてくる。回顧談の本来の目的は、主人公が放浪の過程を自らパイエケス人に語ることである。目的を重視すれば、鎮魂歌と見なす解釈はたんなる深読みと思われるかもしれない。しかし、放浪回顧談が仲間たちと共有した冒険しか扱っていないことは注目に値する。

実際、一二の冒険のうち、最後の二つ(カリュプソの島とパイエケス人の島)は、仲間の全滅後のことである。この完全な孤立状態での体験は本人の口から語られるが、回顧談に組み込まれずに別枠で扱われている。すなわち、カリュプソの島への到着とそこからの脱出という孤独な体験は、放浪回顧談と同じく主人公の直接話法である。長さも五〇行を超えるほどだが(7. 240-297)、それでも、放浪回顧談とは別に語られる。仲間との一〇の冒険がいかに特別扱いされているかが、このことからわかる。放浪回顧談に仲間たちへの哀悼の念を読むのもあながち的外れでもなかろう。

孤独と内向化

オデュッセウスは仲間たちとの結びつきのなかで、英雄的衝動や好奇心などの危険な性質を抑制することを学んだ。彼らとともに過ごした時のなかで経験を積み、詩篇後半を生き延びる原動力がはぐくまれた。それほど深い絆で結ばれた仲間たち、彼の生を支えた者たちをすべて失ってからの主人公は、身も心も孤立し、深い喪失感に沈潜する。

孤独と悲嘆に沈む主人公は次第に陰鬱になり、自分の殻に閉じこもる。カリュプソと過ごした七年間は、この閉塞的な精神状態を癒すどころか、鬱屈した心をますます内向化させた。その結果、彼は差し伸べられる援助や好意にさえ、疑いの眼を向けるようになった。猜疑心が頂点に達するのは、カリュプソが彼を解放すると言ったときである。帰国を切望しつつ毎日泣き暮らしたにもかかわらず、解放を宣言した女神の真意を、彼は疑わずにはいられなかった。そして、女神から誓約を取りつけない限り、彼女の意に反してまで島を出るつもりはないとさえ言う(5. 173-179)。

さらに、難破した彼を女神レウコテアが憐れみ、魔法のヴェールを与えたときも、援助は神の悪巧みに違いないと悲観的にとらえ、レウコテアの提言にすぐには従わなかった(5. 356-359)。ナウシカアへの嘆願においても、神の悪意ある妨害を彼は懸念した(6. 172-174)。

主人公のペシミズムはそれほどにも根深かったので、イタカ到着直後も、猜疑心が彼を強く支配した。ゆえに彼は、羊飼いの姿で現れたアテナ女神にまで、素姓を隠す作り話をせずにいられなかった

（13. 250-286）。即興の作り話は、知恵の女神でさえ称讃するほどの彼の狡知のなせる技ではある。だが、目の前の羊飼いが女神だとわかっていない段階では、祖国に戻ったことを知った喜び以上に、そこがイタカであるからこそ怠ってはならない警戒心が彼を突き動かした。だから彼は、即座に知恵をはたらかせ、欺瞞的な対処を選んだのである。

仲間の喪失以来、ひたすら内向化した主人公だが、イタカという現実世界への回帰の直前、絶望の殻から少しずつ抜け出していく。その過渡的な地点が、最後の逗留地のパイエケス人の国である。それは幻想世界に属しているが、怪物や巨人の住処《すみか》とは違って人間の文明を有している。異界から現実世界へのこの中継地点での人間らしさとの接触――あたたかいもてなし、運動競技会、楽人の歌――によって、固く閉ざされていた彼の心も人との交わりに向かって少しずつ開かれていく。一二の冒険の最後の場所は人間的接触へのリハビリの場となり、主人公の悲観的な自己憐憫や自己中心的な絶望感がほぐされていく。

無法な行い

『オデュッセイア』は、社会における人間の役割や、人と人の社会的・情緒的・道徳的な絆の保持と破壊に深い関心を寄せる詩篇である。この関心の核には二つの要素がある。一つは、これまで述べてきたような逆境での忍従である。それは、仲間たちとの放浪や孤独な彷徨をとおして、主人公が身を以って会得したことであり、その不屈の精神は詩篇後半で発揮された。

この詩篇の核心にあるもう一つの要素は、「無法な行い」が破滅を招くという因果関係である。「無法な行い」とは、各人の立場に伴う倫理的・儀礼的・精神的な限界に違反する振舞いを指す。他者を顧みない、自己中心的な言動とも言い換えられる。それを言い表す語は、「無法な行い、傲慢な振舞い」の意の ἀτασθαλίαι(atasthaliai アタスタリアイ)である。「思い上がり、傲慢」の意の ὕβρις(hybris ヒュブリス)と同義でしばしば用いられる。

これらの語は、乞食(オデュッセウス)が説く倫理的色彩の濃い説教のなかに頻出する。道徳的訓戒を含む説諭は、求婚者たちや不実な召使いに向けられる。乞食を広間から邪険に追い払おうとした女中に、彼は架空の経歴を語り、絶えざる運の変転に言及する(19. 73-88)。そのとき彼は、「不埒な振舞い」をすれば、今に厳しい制裁が下ると女中に警告したが、そこで用いられたのは、「無法な行いをする」の意味の動詞 ἀτασθάλλω(atasthallo アタスタッロー 19. 88)である。

求婚者への最初の説諭は、最も邪悪な求婚者アンティノオスに向けられる。偽りの身の上話のなかで、乞食は自分自身を例にあげながらこう言った。すなわち、自分は以前は裕福だったが、エジプトへの旅で部下たちが「無法な衝動」ὕβρις(17. 431)に駆られて襲撃を行ったために殺害や捕虜の憂き目に遭い、自分も流浪の身に落ちたのだと(17. 419-444)。

求婚者たちは乞食の訓告をほとんどつねに無視するが、悲劇的な例外もある。アンピノモスは、他の求婚者たちと違って、乞食の言葉を深刻に受けとめた。不吉な予感に促されて求婚者の群れを離れようとしたが、神の介入によって果たせず、最終的には殺害された。そのアンピノモスへの説諭も、空想的自伝のなかで行われる。それは人間と運命への洞察に富む訓戒である。そのなかでオデュッセウスは、逆境での忍従を説くとともに、「無法な行い」をやめるよう勧告する。すなわち、地上に生きるもののうちで人間ほど弱い者はない、栄華のときは不幸に陥ることを考えもしないが、実際に不幸になったときには、忍従しなければならない、人の心は移ろいやすく、自分も過去には幸運に恵まれていたが、「無法な振舞いに及んだ」ために、今はこのように落ちぶれた、だから神の掟に背いてはならない、求婚者たちは「無法な行い」をしているが、まもなく戻る館の主人と対決して命を落とさないようにしろ、と(18. 130-150)。

この偽りの自伝のなかで、乞食はかつて自分もさんざん「無法な振舞い」に及んだ(ἀτάσθαλα, atasthala, 18. 139)と告白した。みじめな物乞いに転落した原因を自身の過去の愚行と結びつけ、それを求婚者の無法(ἀτάσθαλα, 18. 143)とリンクさせて警鐘を鳴らしたのである。自らの零落の原因としての「無法な振舞い」は、あくまでも乞食の作り話にすぎない。それをただの虚構と解することもできる。だが、主人公自身は「無法な振舞い」と本当に無縁なのだろうか。

ここで思い出すのは、巨人の島での惨事に対するエウリュロコスの非難の言葉である(一八三頁)。そのとき彼は、一行の統率者の「心狂った所業のために」(ἀτασθαλίῃσιν, atasthalieisin, 10. 437)仲間が死んだとなじった。ここでアタスタリアイという語が使われたことは、すでに指摘した。長い詩篇のなかでたった一度だけとはいえ、主人公も「無法な行い」と結びつけられている。ことあるごとに楯突くエウリュロコスの牽強付会な難癖ではあるが、それでもやはり、オデュッセウスの「無法な行い」は、破滅と紙一重の艱難辛苦の旅を招き寄せたのではなかったか。したがって「無法な行い」と災いの因果関係も、主人公と無縁だとはあながち言い切れない。むしろ、因果関係の認識は経験に裏づけられた実感である。だからこそ、乞食の自伝に仮託して語られるのである。

神の代理人

「無法な行い」はほとんどの場合、求婚者たちの反道徳的な行動を指す。乞食の説諭に頻出する言葉だが、他方、主人公が神に擬せられる場面とも不可分である。

神との同一視は、たとえば、求婚者が殺されたことを知らされたときのペネロペの反応に見られる。それが本当ならうれしいがそんなはずはないとして、彼女はこう述べた(23. 63-67)。

きっと神様方のどなたかが、高慢な求婚者たちの憎むべき暴戻と悪行とをお怒りになって、彼らを退治なさったのでしょう。彼らは訪れて来る人間を、貴賤の別なく一人として大切に扱おうとはしなかったのですから。だから、彼らは自分たちの無法な行いによって禍いを招いたのです。

求婚者への復讐はたしかに、アテナの加勢によって成就した(22. 205-240; 297-298)。女神の援助の背後には、人間は自らの「愚行によって(ἀτασθαλίῃσιν)」自滅するというゼウスの倫理観が存在する(1. 33-34)。したがって、求婚者を罰したのは神であるというペネロペの言は、たしかに的を射ている。しかし、彼女の指摘する求婚者の「暴戻」(ὕβρις, hybris ヒュブリス　23. 64)と「無法な行い」(ἀτασθαλίαι, atasthaliai アタスタリアイ　23. 67)を実際に直接処罰したのは、オデュッセウスであった。その意味では、彼は神の意思を地上で実現する執行人だと言えよう。

求婚者たちもまた、乞食のなかに神の影を見る。最初に足台を投げたアンティノオスが傲岸に威嚇したとき、他の求婚者たちは次のような警告を発した(17. 484-487)。

> もしこの者が上天から降《くだ》ってこられた神であったら、そなたの身の破滅だぞ。実際、神々は遠方からの異国人に身を変え、いかなる姿にもなって、人間の無法な振舞い、正義の行いに目を光らせつつ、町々を巡られるものなのだ。

アテナ女神がメントルや羊飼いの姿で現れたように、神々は変幻自在に変身し、人間界にひそかに出没する。だから求婚者たちは、この乞食もひょっとすると神かもしれないと不安を覚えた。神に擬せられるオデュッセウスは、まさに神のように「遠方からの異国人に身を変え」、求婚者たちの「無法な振舞い」(ὕβρις, 17. 487)に目を光らせる。そして神意を代弁するかのように、求婚者たちに道徳的訓戒を繰り返すのである。

このように神になぞらえられるオデュッセウスは、神からメッセージを託された伝令として人倫の道を説いているのだろうか。それとも彼は、神に操作される操り人形なのだろうか。

そのいずれでもなく、オデュッセウスは痛々しい実感を伴いながら自ら会得した真実を、自分の意思で発信している。説諭は彼の心の発露なのである。

なぜなら彼は、苦楽をともにした仲間たちの「無法な行い」による全滅という因果関係の冷酷さを、実際にくぐり抜けてきたからである。予言者テイレシアスと女神キルケは、太陽神の島の家畜に危害を加えないよう警告した(11. 104-115; 12. 127-141)。その警告を主人公は、仲間たちに——風神の袋のときの秘密主義とは違って——三度も事前に伝えていた。しかし三度目の警告の後、ついに彼らは空腹に耐えかねて禁忌を破り、風神の袋のときと同じく主人公の仮眠のすきを突いて、神の牛を食べた。この冒瀆行為に対する神の怒りは、剝いだ牛の皮が這い出し、串に刺した肉が呻いて牛の鳴き声が響き渡るという不気味な予兆として現れた(12. 394-396)。やがて出帆した船は、ゼウスの起こした嵐に翻弄され、雷火に撃たれ、仲間は全滅した。

二度目の警告のとき、「驕慢心から」(ἀτασθαλίῃσι, atasthalieisi, 12. 300)神の家畜を屠らないことを、主人公は仲間たちに誓わせた。彼らは「自らの非道な行為によって」(ἀτασθαλίῃσιν, atasthalieisin, 1. 7)亡んだと、序歌も明らかにした。この二個所の訳語は異なるが、原文で用いられるのは「無法な行い」を意味する同じ語である。

仲間たちは、アタスタリアイによる冒瀆行為への罰を受け、自業自得の死をとげた。オデュッセウスの完全な孤独への転落は、その結果である。生を支えてくれた者たちの悲劇的な損失の衝撃は、「非道な行い」の罪と罰を、彼に思い知らせたのである。神の化身のように求婚者たちに繰り返される主人公の言葉は、神の命令を表面的になぞる空疎な戒めではない。彼が身を挺して会得した真実から発せられる、実感に裏打ちされた言葉である。

第四章　〈戦争〉を後にした英雄

『カンディード』

前章で述べたのは、『オデュッセイア』の主人公が漂泊中に体得したものであった。しかし逆に、彷徨で失ったものもあるのではないか。この章ではそちらに焦点を当ててみたい。

いささか唐突な比較だが、『カンディード(*Candide*)』(一七五九年)には『オデュッセイア』と似たところがあるように思われる。ヴォルテール(一六九四―一七七八)のこの小説の主人公は、中世を象徴する城館から放逐され、ブルガリア連隊に編入される。その後、世界を股にかけた大冒険を行って、数々の奇想天外な辛苦を乗り越え、新しい世界に目覚めていく。カンディードは天真爛漫な若者、オデュッセウスは狡猾な中年男と、主人公の年代と性格はかけ離れている。ジャンルも創作年代もまったく異なる両作品だが、いずれも主人公の波瀾万丈の旅の物語である。この点では、誰にも異論がないだろう。

この小説については、水林章『カンディード』――〈戦争〉を前にした青年』(二〇〇五年)というすぐれた案内書がある。この本に出会ったとき、『カンディード』は『オデュッセイア』の一八世紀版のようだと感じた。同書には啓発されるところが大きかったため、水林氏のお許しを得て、その副題を少し変更して本書で使わせていただいた。

水林氏によると、『カンディード』は、若者の精神的成長の過程を描く一九世紀の教養小説を予告する作品だが、一風変わった教養小説である。教養小説はフランス語で普通「ロマン・ダプランティサージュ」というのに対して、『カンディード』は「ロマン・ド・デザプランティサージュ」と呼ぶにふさわしいからだという。「デザプランティサージュ」という水林氏の造語には、「習得したことを忘れること、身につけた知識を失うこと」という意味が込められている。「カンディードは、小説の全過程をとおして、確かに多くを学んでゆく」が、それは同時に、「あらかじめ蓄えられた知識を徐々に失う、いや捨て去る過程でもある」という。

故郷を追われ、戦場に投げ込まれた純真無垢な青年とは逆に、百戦錬磨のベテラン戦士は戦地を後にして故郷をめざした。起点と方向は正反対だが、二人はともに未知の世界をさまよう。その旅の過程で、カンディードは「デザプランティサージュ」を体験し、それまで無自覚的に服従していた古い世界秩序から自由になる。これと同じような「デザプランティサージュ」が『オデュッセイア』にも認められるような気がしてならない。前述のように、オデュッセウスは漂泊中の辛苦から学んだものによって帰国という所期の目的を達成した。だがそれは反面、彼が当初重んじていたものが長い漂泊のあげくに、波に洗い流された結果だとも言える。旅のなかで彼が失っていったものとは何か。

『イリアス』における誉れ

オデュッセウスが彷徨の間に捨て去ったものとは、端的には、戦時の行動を支える理念である。それなしには戦うことができない行動規範、戦士の内面に深く浸透している既成観念である。ここではそれを『イリアス』的価値観と仮に呼ぶことにする。戦場の行動理念がそこに描かれているからである。ただ誤解を招かないようにお断りしておくが、『イリアス』は戦争讃美の書ではない。むしろ、戦争がもたらす深い悲哀を歌う詩である。それでもあえて『イリアス』的価値観と呼ぶのは、戦争を生き延びるのに不可欠な価値観がそこに描かれているからである。極限状況下で戦うには、精神的な拠り所が必要になる。それは、「誉れ、名誉」の意の κλέος (kleos クレオス)という言葉で表現される。

誉れの概念は『イリアス』の主人公の言動に具現されている。戦列を離れたアキレウスに戦線復帰を促すためにやって来た使節団に、彼はこう語った(*Il.* 9. 410-416)。

わたしの母、銀《しろがね》の足の女神テティスの話では、わたしを死に導く運命の道は二筋あるという。ここに留まってトロイエの町を攻め続けるならば、帰国の望みは絶たれるが、不朽の名誉(κλέος)が残る。またもし懐かしい故国に帰る場合には、輝かしい名声(κλέος)は得られぬが、命は長く、死はすぐには訪れぬであろうという。

彼はここで二者択一の自己の運命に言及し、二つのものを天秤にかけている。つまり、即刻帰国して天寿を全うすることと、死を賭してクレオスを、つまり不朽の「名誉」や輝かしい「名声」(*Il.* 9. 413; 415)を追求することである。誉れは、攻撃を続行すれば得られるが、戦場を去れば失われる。アキレウスにとって誉れは生命と交換可能な、あるいはそれ以上に重要なものであった。

同じ名誉観は、トロイアの守り手ヘクトルにも認められる。彼の妻アンドロマケは『イリアス』第六歌で、「子を孤児《みなしご》に、妻を寡婦《やもめ》の身にはなさらないで下さい」(*Il.* 6. 432)と、夫に出撃を断念するよう涙ながらに懇願した。しかしヘクトルは、自分の死後に妻の身に降りかかる不幸を案じつつも、「わたしは父上の輝かしい名誉のため、またわたし自身の名誉のためにも、常にトロイエ勢の先陣にあって勇敢に戦えと教えられて来た」(*Il.* 6. 444-446)と語って戦場に向かう。

この二人の発言から明らかなように、誉れは『イリアス』では、最前線での勇猛果敢な行動によって得られる。その価値は不朽であり、戦士はそれを自己の生命より重んじる。命がけの軍功の代価として、人を英雄にする魅惑的な誘因、それがクレオスである。

新しい名誉観

クレオスという語は『オデュッセイア』にも頻出するが、軍事的文脈に依拠する『イリアス』のそれとは少し内容が異なる。戦中の詩と戦後の詩では、概念内容の変容は避けられない。変貌の典型的な例は、『オデュッセイア』の最後の巻に見られる。第二四歌冒頭の冥界の場面で、アキレウスの霊はアガメムノンの霊にこう語りかけた(24. 30-34)。

あなたは(中略)トロイエの国で死を迎えて果てる方が、どれほどよかったか判らぬ。さすればアカイア全軍が、あなたのために墓を築いたであろうし、あなたも御子息のために、後々まで大いなる誉れ(κλέος)を残してやれたであろうものを。

アキレウスはアガメムノンに同情する。無事帰還したにもかかわらず、その直後に妻とその愛人によって殺されたため、戦死したなら獲得できたはずの名誉を得られなかったからである。さらに「御子息のために」以下は、武勲の誉れが勇士自身に属するだけではなく、戦争を知らない世代にも継承されることを示す。

これに答えてアガメムノンの霊は、全軍がアキレウスの戦死を悼み、彼を丁重に葬ったことを詳述する。そして、「さればそなたは、死後もその名を失ったわけではなく、アキレウスよ、そなたの高き誉れ(κλέος)はいつまでも広く世に生き続けるのだ」(24. 93-94)と、アキレウスの死後の誉れに言及する。さらに、「それにひきかえ、戦いを見事仕遂げたというのに、一体わしには何の喜びがあるというのだ」(24. 95)と嘆く。

冥界での二人の英雄の会話は、戦果をあげて戦場で死んだ者の誉れが、死後も生き続けることを示唆する。戦死者は、生前の奮闘に対する有形の報奨として葬礼を受ける。そして、その名誉の後世への伝達という無形の報酬も得るのである。

アガメムノンの悲嘆が示すことは、もう一つある。戦争を生き延びた者は、たんなる生還だけでは名誉を獲得できないということである。彼が誉れを逸したのは、戦場で死なずに帰還はしたものの、その直後に殺されたためである。

『イリアス』では武功が名誉獲得の必要十分条件であった。『オデュッセイア』では、武勲のほかに生還も重視されるが、故国の土を踏むだけでは誉れは確約されない。スパルタでメネラオスがヘレネとの暮らしを取り戻しているように、戦前の状態に復帰しなければ、戦場での活躍も水の泡だ。それゆえにこそ、オデュッセウスは荒波との格闘の末に絶望の淵に立ったとき、戦死した者たちを羨み、自分もトロイアで果てればよかったのに、と臍《ほぞ》を噛む(5. 306-312)。

では帰郷を、『イリアス』はどう位置づけていたのだろうか。この詩篇では、名誉は英雄的戦果と等価であるため、帰国は視野の外にある。先に引用したアキレウスの言葉(*Il.* 9. 410-416)をもう一度見てみよう。彼はこのとき名誉よりも帰国と長寿を選ぼうとしている。したがって、帰郷と名誉は対極的である。勝敗が未決のこの段階では、帰国とは戦線離脱であり敵前逃亡にも等しい。したがって『イリアス』では、誉れと帰郷は両立しない。

だが『オデュッセイア』では、帰国は名誉獲得の最低条件であり、その成否が誉れの得失を左右する。つまり誉れと帰郷は、『イリアス』では「あれかこれか」の二者択一の問題だが、『オデュッセイア』では「あれもこれも」実現すべき課題となる。『オデュッセイア』は、もっぱら軍事的文脈に依拠する『イリアス』的な誉れを離れ、英雄の生還と故国での秩序回復を包摂した新しい名誉観を提示するのである。

妻と夫の名誉観の違い

いま検討したのは、『オデュッセイア』最終巻における名誉観である。だが、この新しい理念をすべての登場人物が共有しているわけではない。たとえばペネロペは、帰らぬ夫の誉れにしばしば思いをはせ、わが身の不幸をこう嘆く(4. 724-726＝4. 814-816)。

先には獅子の勇気を持つ優れた夫、ダナオイ勢〔ギリシア勢〕の中にあっても、あらゆる業《わざ》にぬきんでて、その名(κλέος)は広くヘラスからアルゴスの中へまで響いていた、あの優れた夫を失ったわたしだのに(後略)。

「名(κλέος)」には、「誉れ」と同時に「名声」の意味もある。「あらゆる業」の原語は、戦場での「勇気」を言い表す語で、ここでは複数形で「勇敢な行為」を意味する。

ひたすら追想のなかに生きる銃後の妻は、旧来の名誉観を引きずっている。彼女の抱く夫のイメー

図 14——ペネロペに語りかける乞食姿のオデュッセウス(右)，左に座すのは豚飼いのエウマイオスか．(ただし，豚飼いは第 19 歌での対話場面に同席していない．) メロス島出土レリーフ，前460 頃，ニューヨーク，メトロポリタン美術館．(Cohen, fig. 20)

ジは、戦後一〇年経過してもなお、武勲の誉れに輝く勇士のままだ。英雄的行為規範と直結する名誉観は、妻の回想のなかで命脈を保っているのである。

では、オデュッセウス自身の名誉観はどうか。後述のように、彼の誉れの概念は旅の過程で次第に変化していくが、最終的には、旧来の伝統から脱却している。彼の最終的な名誉観を示すのは、ペネロペとの最初の対話(図 14)の冒頭である。乞食姿の主人公は、彼女をこうたたえた(19. 107-114)。

奥方様、この広大な大地の上に住む人間の中で、あなたのことを悪しざまにいう者は一人もおりますまい。あなたのお名前(κλέος)は、広い天にまで届いておりますからな。それは一点非の打ちどころもない名君の場合と同様で、神を怖れる敬虔《けいけん》な心を抱き、多くの逞しい民に君臨し、正義を堅持する王——黒き大地は大麦、小麦をもたらし、樹々には果実が枝もたわわに実る。家畜は休みなく仔を産み、海は魚類を恵んでくれる——すべて王の統治よろしきを得たためで、かかる王の下にこそ民は栄えるのですが。

この場面は誉れの概念に新しい光を当てる。ここで誉れを得るのは、理想的統治者に見立てられたペネロペである。民に繁栄をもたらす王は、豊かな穀物や果実、家畜、魚の鮮やかなイメージに彩られるように、生産的・創造的である。この繁栄は平和を前提としている。一方、武勲を追い殺戮に明け暮れる勇士は暴力的・破壊的であり、両者に誉れをもたらすものは正反対である。

名誉観の変貌は、その獲得手段や受け手の性別にも及んでいる。『イリアス』では、戦士＝男性しか誉れを得られなかった。だがここでは、戦闘とは無縁な女性が、武器とは対極的な敬虔と正義とによって、名君が受けるのと同じ名誉を授けられる。そして、すぐれた統治者のこの誉れこそ、帰国後のオデュッセウスの目指すものであった。

以上のように、妻と夫の誉れの概念は一八〇度異なる。この相違は何に由来するのか。銃後の妻は戦場の遥かかなたでひたすら追想に没頭した。時は止まり、古い観念は彼女のなかで純粋培養されたまま凍結された。だが夫のほうは、トロイア出航以来、『イリアス』的な理念と行動規範が通用しない試練をいくつも克服してきた。

「デザプランティサージュ」とは、「習得したことを忘れること、身につけた知識を失うこと」であった。カンディードがそうであったように、古い秩序を抜け出し、新しい世界で悪戦苦闘することによってそれは達成される。『オデュッセイア』の主人公も、未知の領域で死と背中合わせの熾烈な体験を蓄積することをとおして、旧世界に別れを告げていく。

抜きがたい古い理念

オデュッセウスの「デザプランティサージュ」とは、旧来の英雄的理念からの脱却である。戦場を去れば、武器はもはや名誉を得る道具ではない。けれども、心に深く刻まれた理念と行動様式は、一朝一夕で様変わりするものではない。したがって彼の「デザプランティサージュ」は、寄せては返す波のように、一進一退を繰り返さざるをえない。オデュッセウスは内なる軍事的名誉観からどのように脱却し、武器以外の何によって誉れを得るのか。その試行錯誤の軌跡を以下でたどる。

最初の寄港地では、一行は略奪を行った(9. 39-42)。略奪は、『イリアス』では通常の軍事的営為であったため、戦地を発ったばかりの一行にとってはごく自然な行為であった。ところが、激しい反撃に潰走を余儀なくされ、多くの仲間が死んだ。そこで、同じ失敗を繰り返さないよう、次の島では最初に斥候が派遣された。武器で人を殺し、物品を奪うという暴力行為は、効を奏さないばかりか、取り返しのつかない事態を招く。それが、最初の漂着地での敗退から学んだ教訓であった。

それでもなお、軍事行動への依存は彼の抜きがたい習性であった。彼の自尊心の基盤は、まだ戦いに置かれている。それを示すのは、三番目の冒険での巨人への自己紹介である(9. 259-266)。

われらはトロイエを発して帰国を急ぐアカイア人であるが、(中略)われらは、その名声天《あめ》の下に並びなき、アトレウスが一子、アガメムノン麾下の者たち、あれほどの町を滅ぼし、敵兵多数を屠ったお人であれば、その名声も当然であるが——(後略)。

「アカイア人」とはギリシア人を指す。「名声」の原語がκλέος である(文構造が異なるため、訳文には二回出てくるが、原文では一回しか出てこない)。軍事的栄光に輝く英雄アガメムノンの部下であることを、彼は誇らしげに口にした。この発言を見る限り、彼の自己認識は、この時点ではまだ、過去の戦争に明らかに密着している。

キコネス族との対戦で武器の無効性を学んだにもかかわらず、巨人が仲間を食ったとき、彼が即座に思いついたのは、「巨人に近付いて、鋭利の太刀を腰から抜き放ち、手探りで急所を確かめた上、胸部の横隔膜が肝臓を囲む辺りを貫いてやること」(9. 299-302)であった。白兵戦の描写のように具体的なこの表現は、『イリアス』の一節を連想させる。古い理念と行動様式が払拭されない以上、このような条件反射も無理からぬことである。

しかし瞬時に、剣は無益だと彼は悟る。重い岩が洞窟の入口をふさいでいるため、巨人を殺すと脱出できなくなるからである。そこで、応戦を断念した主人公は心の奥底で熟考した。知恵を絞って編み出したのが、すでに何度か言及した奇襲作戦――美酒に酔わせて目を潰し、偽名を名乗る――である。そして彼は、巧妙な偽名で相手をたぶらかした「自分の優れた才覚(メーティス)」(9. 414)に満足し、さらに「あらゆる知慧(メーティス)をしぼり、あらゆる策(ドロス)をめぐら」(9. 422)せることによって、危機を脱した。知恵(メーティス)と策略(ドロス)による脱出作戦の成功は、刃に代わるこの新しい武器の価値を彼に認識させた。

それでもなお、彼の「デザプランティサージュ」には紆余曲折が続く。この島を出た直後、彼は自分の戦功を誇らずにはいられなかった。「城取りの誉れも高き、ラエルテスが一子、オデュッセウス」(9. 504)という名乗りは、木馬で陥落を導いた自らの誉れを高らかに告げるものである。木馬の考案も彼の策略(ドロス)の証ではあるが、戦功の誉れへの執着のなせるわざであろうか、彼の振舞いはまたもや戦士の行動様式へとぶり返す。

主人公の一連の言動は、知恵と策略という新しい名誉獲得手段の真価を彼がまだ十分認識していないことを暗示する。軍事中心の行動様式に逆戻りする可能性は、まだ残されている。

揺れる振り子のように

実際、その後、彼は二つの危難を乗り越えるが、最初のものは狡知で克服できたのに、その直後のもう一つの危機では、またしても武器に頼る。

その最初の危難は、セイレンの歌である。心を惑わすセイレンの声に耳を傾けた者は白骨と化すと、女神キルケは忠告した(12. 39-46)。恐るべき魔の歌声とはどんなものなのか。オデュッセウスならずとも一度聴いてみたくなるが、歌は次の引用のように短い。原文はわずか八行である(12. 184-191)。

アカイア勢の大いなる誇り、広く世に称えられるオデュッセウスよ、さあ、ここへ来て船を停め、わたしらの歌をお聞き。これまで黒塗りの船でこの地を訪れた者で、わたしらの口許《くちもと》から流れる、蜜の如く甘い声を聞かずして、行き過ぎた者はないのだよ。聞いた者は心楽しく知識も増して帰ってゆく。わたしらは、アルゴス、トロイエの両軍が、神々の御旨のままに、トロイエの広き野で嘗《な》めた苦難の数々を残らず知っている。また、ものみなを養う大地の上で起ることごとも、みな知っている。

たったこれだけのセイレンの歌の、どこが危険なのか。一見、それほど危ないものには思えない。ピエトロ・プッチという研究者によると、この歌の最も顕著な特徴は『イリアス』の語法の再生にある。しかも、その再生方法は『オデュッセイア』の言い回しとの明確な相違を示すものであると、彼は指摘する。たとえば、「アカイア勢の大いなる誇り、広く世に称えられるオデュッセウスよ」という呼びかけは、『オデュッセイア』全篇のうち、ここでしか用いられていない。ところが『イリアス』では、この同じ表現が三個所(*Il.* 9. 673; 10. 544; 11. 430)で見いだされる(ただし、*Il.* 11. 430は「アカイア勢の大いなる誇り」を省いている)。しかもいずれも、オデュッセウスが重要な役割を果たす場面に属している。

オデュッセウスには「機略縦横の」、「城取りの」、「堅忍不抜の」など、定型的な修飾語句がいくつもある。そのうちのどれを採用するかは、韻律の許容範囲内では比較的自由だが、詩人がここで採択したのは、『イリアス』の特徴が顕著な呼びかけであった。このことは、セイレンたちが彼を『オデュッセイア』の英雄としてよりもむしろ、トロイア戦争での戦士として認識していることを意味する。詳述は割愛するが、プッチの分析によると、『イリアス』に頻出するにもかかわらず『オデュッセイア』に一回しか出てこない語句や語法がセイレンの歌には実際に多い。

この分析の結論を簡潔に記すと、次のとおりである。「セイレンたちの発話には、顕著な『イリアス』的定型句や表現を含まない行は一行もないといってよいほどだ。彼女たちが明らかに伝統的な『イリアス』的語句を使うのは、偶然ではない。それどころか、その使用は、これらの語句がオデュッセウスを、『イリアス』のなかのオデュッセウスとして明らかにするつもりであることを聴き手に認めさせるのである」。

つまり、セイレンの魔力とは、『オデュッセイア』の主人公を『イリアス』の世界に引き戻そうとする力にほかならない。彼女たちは、トロイアでの多くの苦難も現在地上で起こっていることも、すべて知っていると豪語する。ところが実際には、彼が帆柱に縛られていることにも、船の漕ぎ手が耳に蜜蠟を詰めていることにも気づいていない。現に目の前で起こっていることは、彼女たちには見えていない。その目が、現在にではなく過去に向いているからである。過去の戦争の世界と『イリアス』的英雄理念とに主人公を回帰させようとする力、それを象徴するのがセイレンの歌である。主人公はこの誘惑を、帆柱に体をくくりつけるという狡知によって乗り越えた。だがそれも束の間、次の怪物スキュッラとの対決では、戦士的発想への揺れ戻しが生じる。

この怪物には武装しても意味がないと女神キルケから事前に告げられていた(12. 116-123)ため、主人公は怪物との対決の前に、「その時〔巨人の島での事件のとき〕ですら、わたしの勇気と知略と才覚によって、無事に難を免れたではないか」(12. 211-212)と言って仲間たちを激励した。つまり、彼は知恵と策略の効果を十全に自覚していたのである。それにもかかわらず、振り子はふたたび逆方向に振れる。仲間がスキュッラに襲われたとたん、彼は女神の忠告を忘れて武具をまとい、槍を執ったのである(12. 228-229)。

しかし、姿の見えないこの敵の前では、槍の出番はなく、またしても仲間たちが犠牲になった。スキュッラに吊り上げられた犠牲者たちが断末魔の苦しみに悲鳴をあげる光景は、それまで見たこともないほど哀れなものであった(12. 244-259)。この凄惨な逸話は、内なる戦士の習性がいかに根強いかを示す。理性で納得していても、思わず槍を握ってしまったのである。キルケの先の忠告は「わたしにとっては辛い忠告」(12. 226)だったと、彼は告白する。武器への依存はそれほど重症である。

戦争をどう描いたか

武装への執着は、彼にとって戦争とは何かという問題と関わる。主人公が戦争をどうとらえたかを問うために、先に、『オデュッセイア』が戦争をどう描いたかを見ておこう。この詩篇では頻繁にトロイア戦争に言及され、それには次のような特徴が見られる。まず、戦争の初期よりも最終局面の事件のほうがよく話題になる。ただし、『イリアス』で語られた話は、この詩篇では繰り返されない。また、戦争は直接話法で叙述される。戦士として直接、あるいはその配偶者や親族として間接的に関与した人々が、会話のなかで自らの言葉で戦争について語り、語り手はしばしば自身の心情を吐露する。そして、聞き手の反応も叙述される。

語り手の思いと聞き手の反応はたいてい、戦争に対して否定的である。とはいえ、肯定的な反応もないわけではない。たとえば冥界のアキレウスは、息子のネオプトレモスが華々しい戦果をあげ、木馬のなかで冷静沈着さと士気の高揚を示したことを聞くと、満足げに立ち去った(11. 504-540)。これは戦争を、喜びと誇りをもたらすものとして描く数少ない場面の一つである。

しかしながら、大きな悲しみをもたらすものとして戦争を否定的に語る個所のほうが『オデュッセイア』には圧倒的に多い。敗者にとってはもちろん、勝者であるギリシア方にとっても、戦争が戦士やその家族の不幸の原因であることが繰り返し強調される。

たとえば、ペネロペはトロイアのことを「その名を口にするのも忌わしいイリオス」(19. 260, 597; 23. 19)と何度も呼ぶ。彼女は、ギリシア軍の帰国談を歌う楽人ペミオスの歌に涙をこぼし、「それを聞くごとに耐え難い悲しみが迫ってきて、胸がかきむしられる想いがする」として、「忌わしい歌」をやめるよう懇願する(1. 337-344)。ピュロスの老戦士ネストルもまた、「かの国で耐えた悲惨な苦労」を回想する(3. 102-200)。彼の場合、老齢にもかかわらず自身が出征したばかりではなく、愛息を戦いで亡くしもしたのだった。ネストルのほかにも、テレマコスやヘレネやアキレウスも「アカイア勢が辛苦を嘗めたトロイエの国」(3. 100, 220; 4. 243, 330; 24. 27)に繰り返し言及する。だが、この戦争が大きな悲痛の原因であるという認識を口にしない人物がいる。オデュッセウスである。厳密には、パイエケス人の国で啼泣するまでのオデュッセウスである。

歌による覚醒

主人公の身に染みついた戦時の理念と行動様式は、一進一退を繰り返しながら、漂流の波に洗い流されていった。そしてその道程の最後に、劇的な瞬間が訪れる。歌がもたらす転機である。

パイエケス人の国の楽人デモドコスは、三つの歌を歌う。最初は、オデュッセウスとアガメムノンの争いの物語で、勇士らの功が主題である。それを聴くうちに主人公はひそかに涙を流すが、詩篇の作者は、その涙にこめられた胸のうちを明かさない。したがって、聴衆(読者)それぞれの解釈が可能である。戦場での栄光を想起させる歌を聴くうちに、オデュッセウスはおそらく、漂流者という現在の境遇と輝かしい過去との落差を、今さらながらに感じたのではないだろうか。過ぎ越しかたを振り返り、胸に迫った万感の思いが彼の頬を濡らした。

その鬱屈した思いは、軍神と美の女神の恋物語がテーマの第二の歌や、パイエケスの若者たちのみごとな踊りによって、しばし癒される。次に彼は、第一の歌によって触発された思いを晴らすかのように、楽人の技量を称えて別の歌をリクエストする。つまり「名に負うオデュッセウスが、後にイリオスを陥れた将兵をその腹中に潜ませ、敵を欺く罠として敵の城内に運び入れた、その木馬の物語」(8. 494-495)を所望したのである。ところが、自ら望んだ木馬の歌、自身が登場する歌のさなかに、意外なことが起こる(8. 521-531)。

高名の楽人はこう歌ったが、オデュッセウスは打ち萎れて、瞼に溢れる涙は頬を濡らした。そのさまは、己《おの》が町己が子らを、無残な敗戦の日に遭わすまいと、祖国と同胞の見守る前で戦って討死にした夫にすがり泣き伏す妻の姿を見るよう、断末魔の苦しみに喘ぐ夫の姿を見るや、その傍らに崩おれてよよと泣く。それを敵兵たちが、背後から槍で背と肩とを打ちつつ、苦役と悲歎の待つ隷従の日々へと曳いてゆき、女の頬は世にも憐れな悲歎のうちに、やつれ青ざめる――それに劣らず悲しげに、オデュッセウスは眉の下から涙をこぼした。

この直喩では、勝利を自らのものにした元勇士の啼泣が、戦いに敗れた兵士にすがりつく妻の涙と重ねあわされている。この卓越した比喩は、勝者と敗者、夫と妻という二重の逆転によって、読者(聴衆)の心に激しいパトスをかきたてる。主人公はここで何を思い、なぜ泣くのか。解釈がさまざまに分かれる難しい個所である。以下、あくまでも私見だが、解釈の鍵は二つあると思われる。一つは、前節で述べたように、『オデュッセイア』は、戦争が敗者にも勝者にも等しく悲嘆をもたらすものであることを強調する詩歌だということである。

もう一つの鍵は、デモドコスの歌のなかみである。この歌の主題は、主人公が楽人に求めたとおり、木馬であった。オデュッセウスはおそらく、自身の手柄を称える歌を望んだであろう。しかしデモドコスは、木馬にひそむギリシア軍の視点からではなく、木馬を外から眺めるトロイア人の視点から歌った。つまり、この歌によると、城内に引き入れられた木馬の処置をめぐって、三つの意見が対立した。そのうちの二つは、木馬を破壊する案と城外に放置する案だった。どちらも、ギリシア軍の思惑をくつがえすものである。だが結局、第三の意見に従って、木馬は城内に運び込まれた。

一方、いったん城内に入ってからは、木馬の外に出たギリシア軍の行動を、デモドコスは歌った。歌われたのは、彼らの暴虐と破壊行為であった。それは、英雄の華麗な活躍ではなく、敗者の目線から見た残虐さを強調する。このように、暴力の餌食となった人々の視点から木馬をとらえた楽人の歌は、敗者の悲哀を鮮烈に描く直喩と連なっている。デモドコスの歌はおそらく、敗者の側から戦争を眺めることを主人公に促したのであろう。

また、それまでオデュッセウスは、自ら考案した「罠（ドロス）」によって勝利を得たものと自負していた。だが歌を聴くことによって初めて、次のようなことに思い至った。すなわち、トロイア人が木馬を城内に引き入れなかったり、それを壊したりすることで彼の作戦が成功しない可能性もあったこと、トロイアの滅亡は人為ではなく、運命の定めであったこと、自分の考案した罠やギリシア軍の力業だけでトロイアが敗北したわけではなく、ギリシア軍の勝利はアテナの神助によるものであったこと。こういったことを、彼はデモドコスの歌から知った。彼の抱いていた勝者の誉れが驕慢に満ちた幻想にすぎないことを、彼は詩歌から感じとった。だからこそ、泣かずにはいられなかった。歌の力を、『オデュッセイア』の詩人はこのようにみごとに示したのである。

主人公は、他の登場人物たちのように、悲痛をもたらす災禍として戦争を語ってはいない。しかし今、コペルニクス的転換が訪れた。その証が、不覚にもこぼした涙である。

歌による覚醒は、この涙の後の自己紹介が雄弁に物語る。逐語的な拙訳で引用しよう(9. 19-20)。

わたしはラエルテスの子オデュッセウス、あらゆる策謀によって人々の関心の的となり、その誉れ(κλέος)が天に達している者です。

パイエケス人へのこの名乗りでは、策謀による誉れへの自覚が明瞭に告げられている。ここで彼が誇る誉れは、『イリアス』の観点とは明らかに異なる。巨人への最初の自己紹介や名乗りのような、放浪初期の名誉観とは、なんと違っていることだろう。今はすでに、軍事的文脈から完全に脱却している。この声明のなかの「策略」という語は複数形であるため、木馬の計以外の計略も包含されている。木馬の罠以外の策謀とは、漂流中にさまざまな危難を克服するもとになった知恵の総称である。勲功によらない新しい名誉は、先にも述べた「非の打ちどころのない名君」の誉れ(19. 107-114)である。そのような名誉の存在に、帰国目前の主人公は目覚めたのである。これがまさに、オデュッセウスの「デザプランティサージュ」であった。

〈戦争〉を後にした英雄

『オデュッセイア』の主人公はようやく「習得したことを忘れ、身につけた知識を失う」という境地に達した。戦争はもはや、オデュッセウスにとって、誇りや喜びをもたらすものではなくなった。武器ではなく知恵が誉れの源泉であることを自覚し、ついに、「神を怖れる敬虔《けいけん》な心を抱き、多くの逞しい民に君臨し、正義を堅持する王」(19. 110-114)の誉れが、彼の理想となったのである。

しかし彼はイタカで、武器による戦いを放棄したわけではない。それどころか、求婚者討伐はまさに、弓矢や槍などの武器によって成し遂げられた。そのようすは、さながら『イリアス』における戦闘のように生々しく描かれる。古い英雄的理念から脱却したにもかかわらず、求婚者たちとの戦闘に臨むのは、大きな矛盾である。しかも、彼は戦いの前に、求婚者たちの応戦を避けるために、用意周到に、広間から武器を隠していた。アンフェアな戦いである。なにか釈然としない。

この武力行使はたしかに整合性を欠いている。しかし、前章で指摘したオデュッセウスの説教を思い出さなければならない。彼は総力戦の前に、「無法な行い」が禍を招くことをたびたび警告し、悔い改めるよう、求婚者たちを諭し続けた。

このような言葉による説得は、武力戦をなんとかして回避しようとする試みである。オデュッセウスは最後の最後まで、戦闘を避けようとし、また、非暴力的な方法によって求婚者たちの覚醒を促すために、説得を続けたのである。もし彼らが訓戒によって目覚め、改悛していたならば、殺害されなかった可能性もあったかもしれない。しかし、彼らは耳を貸さなかった。それゆえに討たれたのである。非道な振舞いが破滅を招くというのが、この詩篇の背後に君臨する最高神ゼウスの倫理だからである。

その後、求婚者の遺族たちとの戦いが始まる。そして、それがクライマックスにさしかかったとき、女神アテナが大声でこう叫ぶ(24. 531-532)。

イタケ人らよ、今は悲惨な戦いをやめ、即刻引き分けて流血の惨事を避けよ。

『オデュッセイア』は、神による停戦宣言で終わる。そして女神は最後に、「今は手を引き仮借なき戦いの争いをやめよ」(24. 543-544)と命令する。それに対してオデュッセウスは、「心嬉しく女神の言葉に随った」(24. 545)のであった。

「デザプランティサージュ」を体験したオデュッセウスが求めるものは、もはや戦場で得る武勲ではない。彼が胸のうちで喜びながら戦いの停止を即座に受け入れたのは、それが彼の真意だからである。戦場を去ってから一〇年後、彼はたんに戦場を後にしただけではなく、戦争そのものを、そして戦争を成り立たせる観念を、ようやく後にする。平和に向かって一歩を踏み出す『オデュッセイア』の主人公は、詩篇の最後で、真に「〈戦争〉を後にした英雄」になったのである。

エピローグ

この時われらは喊声をあげて躍りかかり、彼を羽交絞《はがいじ》めにしようとした。しかし翁の方も得意の詐術を忘れず、先ずたてがみも見事な獅子に変身し、つづいては大蛇に豹に、さらには大猪に身を変える。さらにはまた流れる水に、樹葉茂る巨木にもなった。しかしわれらはたじろがず、じっと堪《こら》えて手を離さなかった。

トロイアからの帰途、エジプトで何日も足止めされたスパルタ王メネラオスは、女神エイドテアに出会った。そして帰国の手立てを知るには、女神の父で海の翁と呼ばれるプロテウスをつかまえなければならないと教えられた。メネラオスは忠告どおりに待ち伏せ、一気に彼に襲いかかった。その時のようすが右の引用である(4. 454-459)。

海の神プロテウスは、つかまりそうになると「地上に棲むあらゆる種類の生き物から、水にも燃えさかる火にも変身」(4. 417-418)して逃げ回る。protean(変幻自在な)という英単語がProteus(プロテウス)

に由来するということも、なるほどと肯《うなず》けよう。プロテウスはまた、引用にもあるように、詐術が得意でもあった。

変幻自在で詐術の名人とくれば、すぐに連想されるのはオデュッセウスその人である。実際には年老いた乞食に変身しただけだったが、輝かしい英雄からみじめな漂流者や囚われ人に転落したうえ、見せかけの変身も少なくない。あるときは、人を殺めた亡命者と偽り(アテナ女神への作り話、13. 253-286)、あるときは、クレタの裕福な庶子を装い(豚飼いエウマイオスへの身の上話、14. 192-359)、またあるときは、海賊とエジプトに渡った裕福な男を演じた(求婚者アンティノオスへの身の上話、17. 415-444)。名無しの「誰もおらぬ《ウーティス》」になったかと思うと、クレタの王族アイトン(ペネロペへの身の上話、19. 165-202, 221-248, 268-299)にもなれば、アリュバスから来たエペリトス(ラエルテスへの身の上話、24. 244-279, 303-314)にもなる。

つかまえたと思うと、次の瞬間にはするりともう、別のものに変わっている。これほどとらえどころのないオデュッセウスを、そして彼が主人公の『オデュッセイア』を、どのように読めばよいのか。読めば読むほど、不可解さが増す。ああも読めるし、こうも読める。水のようでもあり、火のようでもある。

作者の問題一つを取り上げてみても、本文で触れたように古代から百家争鳴である。近・現代に入ってもそれは変わらない。『オデュッセイア』の翻訳も手がけたヴィクトリア朝時代の作家サミュエル・バトラーは、この詩篇は前七世紀のシチリアの女性によって書かれたものであり、ナウシカアは作者の自画像だという説を唱えた。この説は、真剣に論じられることはないが風変わりなものとして、今でもよく引き合いに出される。そうかと思うと、現在活躍中のイギリスの古典学研究者イーディス・ホールは、オデュッセウス自身が両叙事詩を創作したという推測が好みだという。ホメロスとその詩歌をめぐる言説は、じつに多彩である。

しかしよく考えてみると、なかなかとらえきれず、謎に満ちた作品であるからこそ、『オデュッセイア』はおもしろい。だから、私たちを惹きつけてやまない。読みついできた人々はそれぞれに、この詩篇とその主人公を理解し、論じてきた。どんな文学作品も、これが正解という唯一絶対の読みはない。解釈は時代とともに、そしてまた文化に応じて、変容する。本書第II部の第三—四章に記したことも、読みの長い歴史のなかの一滴《ひとしずく》である。

さらにまた、多種多様な読みが可能であるからこそ、この詩篇に手を加え、原作とは趣の違った分身を作ってみたくもなるのであろう。第I部に記したように、『オデュッセイア』の焼き直しの試みも古来、絶えることがなかった。

二一世紀も例外ではない。記憶に新しいところでは、ザッカリー・メイスンの短篇集『オデュッセイアの失われた書(*The Lost Books of the Odyssey*)』(二〇一〇年)である。この奇想天外な四四篇の短篇集は、ダレスやディクテュスを思わせるような偽書の体裁を用いた。パピルスの宝庫であるエジプトのオクシュリュンコスからは、実際にホメロス作品のパピルスも出土している。それだけに、そこで見つかったパピルス断片上の『オデュッセイア』異伝を翻訳したというメイスンの設定は、いかにも現実味を帯びている。

カナダの作家マーガレット・アトウッドの『ペネロピアド(*The Penelopiad*)』も意表を突く小説だ。「ペネロペの歌」という題名のとおり、主人公の回想的独白が中心である。亡くなって久しいペネロペの冥界からの声に、絞首刑にされた女中たち(『オデュッセイア』第二二歌)のコーラスがからみあう。家父長制によって沈黙を強いられた女性たちの、いわば裏からの声としても読める。ホメロス叙事詩にはジェンダーや階級をめぐる二重規範が忍び込んでいる。その告発とも解せる一面があるため、毀誉褒貶相半ばする小説である。だが、二〇〇五年一〇月に刊行されると、カナダではたちまちこの年のベストセラーのトップに躍り出た。その二年後には、作者の手になる脚本で舞台化もされ、今年(二〇一二年)一月には、通算五回目となる公演がトロントで行われた。

映画との関わりも深い。ジョルジュ・メリエス監督の『カリュプソの島——オデュッセウスと巨人ポリュペモス(*L'Ile de Calypso: Ulysse et le géant Polyphème*)』(一九〇五年)以来、映像化された『オデュッセイア』は少なくない。マリオ・カメリーニ監督、カーク・ダグラス主演の『ユリシーズ』(一九五五年)で、ペネロペとキルケの二役を演じたシルヴァーナ・マンガーノを懐かしく思い出す方もいらっしゃるだろう。『オデュッセイア』を想起させる最も近年の映画は、ティム・バートン監督『ビッグ・フィッシュ(*Big Fish*)』(二〇〇三年)である。ほら話の妙手の登場、父と子のテーマ、虚構と現実の相克など、『オデュッセイア』がスクリーン上に二重写しになる要素が多い。

二〇世紀最後の年の年末に公開された、コーエン兄弟監督の『オー・ブラザー!(*O Brother, Where*

Art Thou?』（二〇〇〇年）は出色のコメディだ。一九三〇年代のミシシッピー州を舞台に、ジョージ・クルーニー演じる主人公の名は、ユリシーズ・エヴェレット・マッギル。職業は詐欺師。妻のペニー（Penny は Penelope の略称）の再婚の企てを獄中で知り、それを阻止するために仲間を道連れに脱獄する。警察の追跡に苦労しつつも、最後は故郷で妻と縒《よ》りを戻す。ストーリーが『オデュッセイア』と似ているだけに、どんなアレンジか気にかかる。ホメロスを知らなくても十分おもしろいが、知識が少しでもあると、細部まで何倍も楽しめる。

古典は、「人間とは何か」、「人生とは何か」といった普遍的な問いをめぐって、読者に思索を促す書である。そこには、深い叡智が凝縮されている。古典中の古典の『オデュッセイア』は、これから先も、主人公と同じように変幻自在なメッセージを発し、分身を作り続けることであろう。どれほど時代が変わろうと、世界のどこで生きていようと、人はおそらくそのメッセージをつかもうとして、メネラオスのように「たじろがず、じっと堪《こら》えて手を離さない」だろう。そうである限り、人類とその文化に希望を託すことができるような気がする。

参考文献

ホメロスと『オデュッセイア』に関する書物も、その翻案作品も、厖大な数にのぼる。『オデュッセイア』とその受容についてもっと知りたい人に役立つ書物を厳選して、以下にあげる。

ホメロスの翻訳書

現在一般に入手できる日本語訳は以下の三種類。『イリアス』には呉茂一訳もある。

松平千秋訳『ホメロス オデュッセイア』上・下、岩波文庫、一九九四年。

松平千秋訳『ホメロス イリアス』上・下、岩波文庫、一九九二年。

高津春繁訳『オデュッセイア』世界文学大系1、筑摩書房、一九七一年所収。

呉茂一訳『オデュッセイアー』上・下、岩波文庫、一九七一―七二年。

英独仏訳も非常に多いので、広く読まれている英訳のみに絞った。

Fagles, R., *The Odyssey*, Penguin Classics, 1999.

Lattimore, R., *The Odyssey of Homer*, Harper & Row, 1965.

Rie, E. V., *The Odyssey*, Penguin Classics, 2003.

テクスト

ギリシア語原典の校訂版も何種類かあるが、次の Oxford Classical Texts が最も標準的であるといえよう。『イリアス』(vol. 1-2)、『オデュッセイア』(vol. 3-4)に加えて、「叙事詩の環」の断片(vol. 5)を含む全五冊。

Allen, T. W., *Homeri Opera*, Tom. I-V, Oxford Classical Texts, 1902-08.

Murray, A. T. / G. E. Dimock, *Odyssey*, 2 vols., Harvard U. P. (Loeb Classical Library), 1919. 英語訳つき。

Weiher, A., *Odyssee*, Artemis Verlag (Tusclum), 1990. ドイツ語訳つき。

注釈書

de Jong, I. J. F., *A Narratological Commentary on the Odyssey*, Cambridge U. P., 2001. 物語類型やパターン、類似モチーフを中心とした注釈書。本書の表3のタイムテーブルはその Appendix A に準じる。

Garvie, A. F., *Homer Odyssey Books VI-VIII*, Cambridge Greek and Latin Classics, 1994. この叢書からは、第一七—一八歌と第一九—二〇歌の注釈も刊行されている。

Heubeck, A. / S. West / J. B. Hainsworth, *A Commentary on Homer's Odyssey*, 3 vols., Clarendon Press, 1988-92.『オデュッセイア』全巻を詳述する。解説は有益で、研究に欠かせない注釈書。

Stanford, W. B., *The Odyssey of Homer*, 2 vols., Macmillan Education, 1947-48, 2nd ed. 1958-59.

事　典

本書で言及した人物の生没年はおもに、以下の岡ほか編と松原編の事典に拠った。

岡道男ほか編『世界文学大事典』全六巻、集英社、一九九六—九八年。

松原國師編『西洋古典学事典』京都大学学術出版会、二〇一〇年。

古典古代の作品

ホメロス以外の古典作品で、本書に引用したものや関連する著作の邦訳を次にあげる。


アイリアノス『ギリシア奇談集』松平千秋・中務哲郎訳、岩波文庫、一九八九年。

アポロニオス『アルゴナウティカ――アルゴ船物語』岡道男訳、講談社文芸文庫、一九九七年。

『アリストテレース 詩学・ホラーティウス 詩論』松本仁助・岡道男訳、岩波文庫、一九九七年。

ウェルギリウス『アエネーイス』岡道男・高橋宏幸訳、京都大学学術出版会、二〇〇一年。

オウィディウス『悲しみの歌／黒海からの手紙』木村健治訳、京都大学学術出版会、一九九八年。

キケロー『弁論家について』大西英文訳、岩波文庫、二〇〇五年。

ステシコロス『ギリシア合唱抒情詩集』丹下和彦訳、京都大学学術出版会、二〇〇二年。

ディオゲネス・ラエルティオス『ギリシア哲学者列伝』全三冊、加来彰俊訳、岩波文庫、一九八四―九四年。

ディオン・クリュソストモス『トロイア陥落せず――弁論集2』内田次信訳、京都大学学術出版会、二〇一二年。

トゥキュディデス『歴史』I、藤縄謙三訳、京都大学学術出版会、二〇〇〇年。

ヒュギーヌス『ギリシャ神話集』松田治・青山照男訳、講談社学術文庫、二〇〇五年。

ピロストラトス『英雄が語るトロイア戦争』内田次信訳、平凡社、二〇〇八年。『ヘロイコス』の邦訳。

ピンダロス『祝勝歌集／断片選』内田次信訳、京都大学学術出版会、二〇〇一年。

『プルタルコス英雄伝』村川堅太郎編、全三冊、ちくま学芸文庫、一九九六年。『対比列伝』の邦訳。

ヘシオドス『神統記』廣川洋一訳、岩波文庫、一九八四年。

ヘロドトス『歴史』全三冊、松平千秋訳、岩波文庫、一九七一―七二年。

『ホラティウス全集』鈴木一郎訳、玉川大学出版部、二〇〇一年。『カルミナ』を含む。

『四つのギリシャ神話――『ホメーロス讃歌』より』逸身喜一郎・片山英男訳、岩波文庫、一九八五年。

プラトンとギリシア悲劇については、作品ごとに解説のついた次の全集がよい。ヘラクレイトス、ピュタゴラス、テアゲネス、メトロドロスら〝ソクラテス以前〟の哲学者の断片も日本語で読めるのはありがたい。

『プラトン全集』全一五巻・別巻一、田中美知太郎・藤沢令夫編、岩波書店、一九七四―七八年。

『ギリシア悲劇全集』全一三巻・別巻一、松平千秋・久保正彰・岡道男編、岩波書店、一九九〇―九三年。

『ソクラテス以前哲学者断片集』全五冊・別冊一、内山勝利編、岩波書店、一九九六―九八年。

中世以降の作品

本書で言及した中世から現代までの著作のうち、邦訳のあるものを選んだ。ない場合は原著をあげる。


アトウッド、マーガレット『ペネロピアド』鴻巣友季子訳、角川書店、二〇〇五年。

ヴェイユ、シモーヌ『ギリシアの泉』冨原眞弓訳、みすず書房、一九九八年。

ウォルコット、デレク『オデッセイ』谷口ちかえ訳、国書刊行会、二〇〇八年。翻訳はどうしてもニュアンスが異なるため、D. Walcott, *The Odyssey: A Stage Version*, Noonday Press, 1993 を併読されたい。

『ウィルフレッド・オウェン戦争詩集』中元初美訳、英宝社、二〇〇九年。

グイド・デッレ・コロンネ『トロイア滅亡史』岡三郎訳、国文社、二〇〇三年。

シェイクスピア『トロイラスとクレシダ』小田島雄志訳、白水Uブックス、一九八三年。

ジョイス、ジェイムズ『ユリシーズ』全三冊、丸谷才一・永川玲二・高松雄一訳、集英社、一九九六―九七年。

ダンテ『神曲』全三冊、平川祐弘訳、河出文庫、二〇〇八―〇九年。

『ディクテュスとダーレスのトロイア戦争物語』岡三郎訳、国文社、二〇〇一年。

チョーサー『トロイルス』岡三郎訳、国文社、二〇〇六年。

フェヌロン『テレマックの冒険』上・下、朝倉剛訳、現代思潮社、一九六九年。

ペトラルカ『ペトラルカ=ボッカッチョ往復書簡』近藤恒一編訳、岩波文庫、二〇〇六年。

ボッカッチョ『フィローストラト』岡三郎訳、国文社、二〇〇六年。

ホルクハイマー/アドルノ『啓蒙の弁証法――哲学的断想』徳永恂訳、岩波文庫、二〇〇七年。

メイスン、ザッカリー『オデュッセイアの失われた書』矢倉尚子訳、白水社、二〇一一年。

Longley, M., *No Continuing City, Poems 1963 to 1968*, Dufour Editions, 1969.

Walcott, D., *Omeros*, Farrar, Straus and Giroux, 1990.

受容作品に関する参考書

後世での受容と翻案作品について書かれた著作のうち、本書で参照・言及したものを中心にあげる。


小川正廣『ウェルギリウス『アエネーイス』』岩波書店、二〇〇九年。『オデュッセイア』への言及も多い。

オング、ウォルター・J『声の文化と文字の文化』桜井直文ほか訳、藤原書店、一九九一年。

恒川邦夫「カリブ海の島々から――クレオールの挑戦」小森陽一・富山多佳夫ほか編『岩波講座文学一三　ネイションを超えて』岩波書店、二〇〇三年、二四七―二六六頁。本書第I部第一章で言及した論考。

ハイエット、ギルバート『西洋文学における古典の伝統』上・下、柳沼重剛訳、筑摩叢書、一九六九年。

水林章『『カンディード』――〈戦争〉を前にした青年』みすず書房、二〇〇五年。本書第II部第四章で言及した良書。鋭い洞察と精緻な分析には学ぶべきところが多かった。

レイノルズ、L・D／N・G・ウィルソン『古典の継承者たち――ギリシア・ラテン語テキストの伝承にみる文化史』西村賀子・吉武純夫訳、国文社、一九九六年。

Budgen, F., *James Joyce and the Making of 'Ulysses' and Other Writings*, Oxford U.P., 1972. バッジェンが綴ったジョイスとの思い出。本書第I部第一章で言及した書物。初版は一九三四年。

Buxton, R. *The Complete World of Greek Mythology*, Thames & Hudson, 2004.

Cameron, A., *Greek Mythography in the Roman World*, Oxford U.P., 2004.

Davis, G. (ed.), *The Poetics of Derek Walcott*, Duke U.P., 1997. ウォルコットの解釈に有益。

Hardwick, L., "Shards and Suckers": Contemporary Receptions of Homer,' in R. Fowler (ed.), 2004, pp. 344-362.

Impelluso, L., *Tales of the Greek and Roman Gods*, Harry N. Abrams, 2008.

O'Meally, R. G., *Romare Bearden: A Black Odyssey*, DC Moor Gallery, 2007. ロメール・ベアデンの画集。

Sandys, J. E., *A History of Classical Scholarship*, 3 vols., Hafner Publishing Company, 1903-08, rpt. 1958. 前六世紀から一九世紀までの古典学の通史の基本的研究書。本書第I部第三章の記述はこれに負う。

ホメロス関係の研究文献

基本的研究書は相当多いので、Fowler編とMorris and Powell編のコンパニオンやSchein編、Doherty編、Cohen編の論集に記された参考文献を手掛かりに、他の研究書や論文に進むのが賢明である。

岡道男『ホメロスにおける伝統の継承と創造』創文社、一九八八年。学問的に厳密な論考。ホメロス叙事詩の形成と「叙事詩の環」の関連の考察、ミルマン・パリー関連の論文、「叙事詩の環」の邦訳を含む。

久保正彰『オデュッセイア——伝説と叙事詩』岩波書店、一九八三年。
フィンリー、M・I『オデュッセウスの世界』下田立行訳、岩波文庫、一九九四年。
松本仁助『『オデュッセイア』研究』北斗出版、一九八六年。
同『ギリシア叙事詩の誕生』世界思想社、一九八九年。
Clarke, H. W., *Homer's Readers*, Associated U. P., 1981. ホメロスの毀誉褒貶の歴史を主題別に丹念にたどった好著。本書第I部の中世および近代に関する記述はこの本に負うところが大きい。
Cohen, B. (ed.), *The Distaff Side*, Oxford U. P., 1995. 女性に焦点を当てた論文と図像分析が豊富。
Doherty, L. E. (ed.), *Oxford Readings in Classical Studies: Homer's Odyssey*, Oxford U. P., 2009.
Fowler, R. (ed.), *The Cambridge Companion to Homer*, Cambridge U. P., 2004.
Graziosi, B. / E. Greenwood (eds.), *Homer in the Twentieth Century*, Oxford U. P., 2007.
Hall, E., *The Return of Ulysses*, The Johns Hopkins U. P., 2008. 近現代での受容を論じた最新の書物。
Lord, A. B., *The Singer of Tales*, Harvard U. P., 1960. 口誦詩理論の基本文献。
MacDonald, D. R., *Christianizing Homer*, Oxford U. P., 1994. 本書のエウスタティオス『イリアス注解』序文の訳は MacDonald の英訳に基づく。
Morris, I. / B. Powell (eds.), *The New Companion to Homer*, E. J. Brill, 1997.
Nagy, G., *Homer the Classic*, Center for Hellenic Studies, 2009. 叙事詩文字化の五段階説はこれに依拠した。
Parry, A. (ed.), *The Making of Homeric Verse: The Collected Papers of Milman Parry*, Oxford U. P., 1971. 口誦詩理論を展開したミルマン・パリーの論文その他を収録した重要な書物。
Pucci, P., 'The Songs of the Sirens,' *Arethusa* 12, 1979, 121-132. 本書第I部第四章で引用した論文。
Reece, S., 'The Three Circuits of the Suitors: A Ring Composition in *Odyssey* 17-22,' *Oral Tradition* 10, 1995,

207-229. 第一七歌—第二二歌のリング・コンポジションに関する論文。本書第II部第二章で参照した。

Rubens, B. / O. Taplin, *An Odyssey round Odysseus*, BBC Books, 1989. 受容に関する一般書。図版が多い。

Rutherford, R. B., ‘The Philosophy of the *Odyssey*,’ *Journal of Hellenic Studies* 106, 1986, 145-162. 本書第II部第三章で参考にした論文。

Schein, S. L., *Reading the Odyssey*, Princeton U. P., 1996. 示唆に富む有益な論文が多い。

Segal, C., ‘*Kleos* and Its Ironies in the *Odyssey*,’ *L'Antiquité classique* 52, 1983, 22-47. 本書第II部第四章の「誉れ」をめぐる考察を進めるうえで刺激を受けた論文。

Stanford, W. B., *The Ulysses Theme*, Spring Publications, 1992. 古代から二〇世紀中葉までのオデュッセウス像の変容を論じた基本文献。初版は一九六三年。本書第I部第一章で参照した。

Vidal-Naquet, P., ‘Land and Sacrifice in the *Odyssey*: A Study of Religious and Mythical Meanings,’ in S. L. Schein (ed.), 1996, pp. 33-53. 放浪回顧談の構造主義的分析。本書第II部第二章で言及した。

West, M. L., ‘Odyssey and Argonautica,’ *Classical Quarterly* 55 (1), 2005, 39-64. 本書第I部第二章で言及した。

Whitaker, R., ‘The Reception of the Trojan War in the *Odyssey*,’ in A. F. Basson / W. J. Dominik (eds.), *Literature, Art, History*, Peter Lang GmbH, 2003, pp. 185-191. 本書第II部第四章で参照した。

Young, P. H., *The Printed Homer*, McFarland & Company, 2003.（『印刷されたホメロス』）本書第I部第四章で言及した。

Zajko, V., ‘Homer and *Ulysses*,’ in R. Fowler (ed.), 2004, pp. 311-323.『オデュッセイア』の評価の上昇と第一次世界大戦の関連を示唆する。本書第I部第四章で参照した。

＊　＊　＊

最後に、本書執筆の機会を与えてくださった中務哲郎先生と「書物誕生」シリーズ編集委員の内山勝利先生、丘山新先生、杉山正明先生に深く感謝いたします。

「ゆっくり急げ」とたえず励ましてくださった田中博明さんに、たくさんの感謝をこめて本書を捧げます。田中さんのためになんとか早く完成させたいという一念に支えられました。草稿を通読してくださった小柳公代先生にも、適切なコメントとご指摘のおかげで多くの誤りから救われたことにお礼申し上げます。また、副題の使用をご快諾くださった水林章先生、人名の読み方についてご教示くださった佐野好則先生と渡辺雅弘先生にも感謝いたします。

執筆に必要な文献を取り寄せてくださった和歌山県立医科大学三葛館の志茂淳子さん、内原佳代さん、青柳有紀さんのおかげで本書は生まれました。心からお礼申し上げます。そして未定稿を読んでアドバイスしてくれた夫、そして息子たちと母にも、ありがとう。

最後になりましたが、辛抱強く原稿を待ち続け、的確な助言と提案を惜しまれなかった岩波書店の杉田守康さんに深い感謝の念を捧げるとともに、遅延を重ねたお詫びを申し上げます。洗練とは程遠い原稿でしたが、奈良林愛さんのみごとな編集と小松勉さんの丁寧な校正のおかげで生まれ変わりました。ありがとうございました。

著者紹介
西村賀子

1953年，大阪市生まれ．1982年，京都大学大学院文学研究科(西洋古典語学西洋古典文学専攻)博士課程修了．
現在，和歌山県立医科大学教授．西洋古典文学専攻．
(主要著書)
『ギリシア神話――神々と英雄に出会う』(中公新書)
『ギリシア喜劇全集 別巻』(共著，岩波書店)
『近代精神と古典解釈』(共著，国際高等研究所)
(主要訳書)
『古典の継承者たち』(共訳，国文社)
『イソップ風寓話集』(共訳，国文社)
『ギリシア喜劇全集』第4巻，第9巻(共訳，岩波書店)

書物誕生――あたらしい古典入門
ホメロス『オデュッセイア』
――〈戦争〉を後にした英雄の歌

2012年7月18日　第1刷発行

著　者　西村賀子《にしむらよしこ》

発行者　山口昭男

発行所　株式会社 岩波書店
〒101-8002 東京都千代田区一ツ橋2-5-5
電話案内 03-5210-4000
http://www.iwanami.co.jp/

印刷・法令印刷　カバー・半七印刷　製本・牧製本

ISBN 978-4-00-028300-7　Printed in Japan

書物誕生 あたらしい古典入門

編集 内山勝利・丘山新・杉山正明

小南一郎
『詩　経』——歌の原始

橋本秀美＊
『論　語』——心の鏡

大木　康＊
『史記』と『漢書』——中国文化のバロメーター

神塚淑子＊
『老　子』——〈道〉への回帰

平田昌司＊
『孫　子』——解答のない兵法

中島隆博＊
『荘　子』——鶏となって時を告げよ

宇佐美文理＊
『歴代名画記』——〈気〉の芸術論

釜谷武志★
陶淵明——〈距離〉の発見

興膳　宏＊
杜　甫——憂愁の詩人を超えて

金　文京
李　白——漂泊の詩人 その夢と現実

木下鉄矢＊
朱　子——〈はたらき〉と〈つとめ〉の哲学

丘山　新
『般若心経』と般若経典
——仏典が語るアジアの思想ドラマ

ジャン・ナティエ
浄土教典**『無量寿経』**——浄土思想の起源

辛嶋静志
『法華経』——〈仏になる教え〉のルネサンス

小川　隆＊
『臨済録』——禅の語録のことばと思想

並川孝儀＊
『スッタニパータ』——仏教最古の世界

赤松明彦＊
『バガヴァッド・ギーター』
——神に人の苦悩は理解できるのか？

小杉　泰＊
『クルアーン』——語りかけるイスラーム

高田時雄
『大唐西域記』——遥かなるインドへの道

杉山正明
『東方見聞録』——ヨーロッパ世界の想像力

西村賀子＊
ホメロス**『オデュッセイア』**
——〈戦争〉を後にした英雄の歌

中務哲郎＊
ヘロドトス**『歴　史』**——世界の均衡を描く

逸身喜一郎＊
ソフォクレース**『オイディプース王』**と エウリーピデース**『バッカイ』**
——ギリシャ悲劇とギリシャ神話

内山勝利
プラトン**『国　家』**——逆説のユートピア

神崎　繁
アリストテレス**『ニコマコス倫理学』**
——規則も禁止もない道徳は可能か？

高橋宏幸＊
カエサル**『ガリア戦記』**——歴史を刻む剣とペン

小川正廣＊
ウェルギリウス**『アエネーイス』**
——神話が語るヨーロッパ世界の原点

荻野弘之＊
マルクス・アウレリウス**『自省録』**——精神の城塞

松﨑一平＊
アウグスティヌス**『告白』**——〈わたし〉を語ること……

＊既刊　★次回配本
2012年7月現在

岩　波　書　店